의사의
말 한마디

의사의
말 한 마디

임재양 글 · 이시형 그림

특별한서재

차례

1부

미련한 곰이
의사가 되어가는 중입니다

2부

골목 안 병원에서의 소확행
(소소하지만 확실한 행복)

"나도 좀 끼워줘."

주제넘은 청을 드렸더니 임 박사 특유의 웃음으로 허락해주었습니다. 참으로 영광입니다. 그러나 기쁨은 잠시. 막상 허락을 받고 보니 임 박사의 소박한 생활철학에 걸맞은 그림을 그린다는 게 결코 쉬운 작업이 아닙니다. 귀한 글에 먹칠을 하는 죄책감이 앞서 그만둘까도 깊이 생각했습니다. 내 욕심만 부리다 낭패를 보는 듯해서 무척 마음 졸여야 했습니다. 그래도 천만 다행으로 임 박사 글이 워낙 훌륭해서(이건 과장으로 하는 말이 아닙니다.) 시원찮은 내 그림이 잘 보이지도 않거니와 임 박사 글이 모자라는 내 그림을 충분히 커버하고도 남았습니다.

저는 임 박사를 좋아합니다. 임 박사의 글을 읽어보면 누구나 그의 소박한 인품에 반하게 됩니다. 그간 세로토닌문화 소식지에 실린 이 칼럼은 우리 문화원의 대표적인 상징으로 자리 잡았습니다.

"무슨 책을 내?"

처음 출판 제안에 임 박사의 깜짝 놀란 반응이었습니다. 그러나 우리 스태프들이 우겼습니다. 주옥같은 글을 일회성으로 읽고 넘어갈 게 아니라 다른 어렵게 살아가는 우리 모두에게 한 가닥 빛이 되고 위안이 될 수 있겠다는 확신에서 밀어붙여 축복 속에 이 책이 탄생하기에 이르렀습니다.

해놓고 보니 우리 스태프들이 고집을 부리길 잘했다는 생각이 듭니다. 특히 난 개인적으로 동창이요, 대학 동문이요, 같은 의사라 우리는 참 죽이 잘 맞는 동료이기도 합니다. 대구에 내려갈 적마다 임 박사의 푸근한 인심과 함께 따뜻이 맞아주는 정에 끌려 만나면 헤어지기가 아쉽습니다. 바라건대 내 그림이 오점으로 남지만 않는다면 좋겠다는 생각입니다.

임 박사의 건필을 축하드리면서 다음 글은 또 어떤 모습으로 우리 앞에 나타날지 궁금합니다.

이시형

의사 생활 37년 된 외과의입니다. 의료가 무엇이냐고 물으면 의학 지식, 기술을 가지고 세상과 소통하는 것이라고 답합니다. 의사로서 여러 환자들을 만나면서 많은 것을 깨닫고 아직도 배워 나가고 있습니다.

매일 만나는 환자들에게서 많은 것을 배울 수 있는 의사라는 직업이 나는 좋습니다. 때론 의사로서의 한계에 절망하고, 가슴 아픈 사연에 당장 그만두고 싶은 생각이 들 때도 있지만 평생 환자 보고 싶습니다.

책으로 묶은 글은 환자를 진료하고 세상과 소통하면서 느낀 점들을 10년 전부터 세로토닌 문화원의 소식지에 매달 칼럼으로 쓴 것입니다.

나는 환자들과 소통하고 있을 때 이시형 박사님은 세상과 소통하고 있었습니다. 개인이 아니라 이 사회가 어떤 병을 앓고 있으며 어떻게 나아가야 하는가를 항상 제시하셨습니다. 힘들고 주눅 들어 있을 때 배짱으로 살자고 국민들에게 힘을 주시다가, 너무 앞만 보고 가는 지금에는 느긋하게 세로토닌적인 삶을 살자고 방향을 제시하고 있습니다. 박사님을 알고 지낸 10여 년 동안 많은 배움을 얻었습니다.

또 이렇게 내 글에 문인화까지 그려주신 것에 감사드립니다.

2018년 5월

미련한 곰, 임재양

1부

미련한 곰이
의사가 되어가는 중입니다

모든 사람을 똑같이 대해야 한다고 생각하지만, 환자들을 대하
다 보면 그렇지 못한 경우도 있습니다. 좀 더 신경이 쓰이고 안타
까워서 같이 고민하게 되는 환자가 있는가 하면, 무언가 맞지 않아
서 미운 환자도 있습니다.

56세 농부는 진료하기 힘든 환자였습니다. 병원에 와도 거의 말
이 없었습니다. 30년간 매일 소주를 서너 병씩 마셨고 담배는 하
루 두 갑씩 피웠습니다. 그는 3년 전 간경화증으로 피를 토하고서
야 병원을 방문했습니다.

약을 처방하고 술, 담배 끊을 것을 권유했지만 한마디 말도 없었
고 처방도 듣지 않았습니다. 1년 전부터는 속이 쓰리다고 해서 내
시경검사를 권유했지만 위장약만 달라는 한마디만 했습니다. 이

환자와는 괜히 이야기하기도 싫었고 미웠습니다.

환자는 몸이 자꾸 야위고 밥도 못 먹게 되자 위내시경을 허락했습니다. 검사 결과는 손댈 수 없을 정도로 진행된 위암이었습니다. 이런 경우 보호자를 불러서 상황을 조심스럽게 이야기하지만, 그렇게 경고를 했는데도 내 말을 듣지도 않고 이렇게까지 진행되도록 한 것이 화가 나서 환자에게 사실을 그대로 얘기해버렸습니다.

"왜 그리 말을 듣지 않았느냐. 치료 방법도 없다. 집에 가서 편히 쉬어라."

환자는 아무 말 없이 무덤덤하게 그냥 집으로 돌아갔습니다.

며칠 후 환자의 아내가 병원에 찾아와서 자기 남편이 무슨 병이냐고 물었습니다. 지난 새벽녘에 소울음 같은 소리가 들려 밖을 내다보았더니 마당 한구석에서 남편이 짐승 같은 울음을 토해내고 있더라는 것이었습니다. 자기도 생전 처음 보는 남편의 모습이라고 했습니다.

머리가 텅 빈 느낌이었습니다. 인생에 대해서 아무런 미련 없이 그냥 살아가는 것처럼 보였던 그 환자도 본능적으로 죽음에 대해, 남아 있는 가족에 대해 두려워하고 고민하고 있었던 겁니다. 환자의 그런 고민도 모르고 내 기분대로 마구 퍼부은 것이 부끄러웠습니다.

매일 여러 부류의 사람들을 진료하고 있습니다. 수월한 환자도 있지만 말도 통하지 않고 화가 나게 하는 환자도 있습니다. 병에 대한 두려움이나 타고난 성격 때문에 표현을 못하고 경계를 하는 환자들입니다.

환자에게 '상처 주지 말자'는 것이 우리 병원의 모토인데, 곰곰이 하루를 돌아보면 환자와의 소통에서 후회스러운 경우가 항상 나옵니다. 도움을 주기보다 꾸중하고 훈계만 해서 돌려보낼 때도 많았습니다.

매일 후회를 하고, 오늘만은 환자들에게 상처 주지 말자는 다짐을 하며 하루 진료를 시작합니다.

상처 주지 말자 II

우리 병원은 직원이 다섯 명인 작은 동네 의원이지만 '원훈'이 있습니다.

"상처 주지 말자."

여기에는 세 가지 의미를 포함합니다.

○ 환자 몸에 상처 주지 말자

내가 전공을 외과로 정한 이유는 외과가 내 성향에 딱 맞았기 때문입니다. 어린 의과 대학생 눈에 병을 진단하기 위해 사진을 보고 청진기를 가슴에 대고 고민하는 다른 과의 모습이 마음에 들지 않았습니다. 외과는 모든 병을 단숨에 처리하는 것 같았습니다. 깨지면 깁고, 피가 나면 혈관을 잡고, 혹이 있으면 잘라냈습니다.

그런데 시간이 지나고 경험이 쌓이면서 반드시 수술을 하지 않아도 되는 경우를 많이 보면서 생각이 바뀌었습니다. 나는 목 디스크가 심해서 주위에서 모두 수술을 권유했지만, 관찰만 하면서 지켜보니 지금까지 문제가 없습니다. 이런 내 경험 때문에 더욱 그렇습니다.

지금은 항상 환자 몸에 칼을 대기 전에 심사숙고 합니다. 매년 환자 몸에 칼을 대는 숫자가 줄어듭니다.

○ 환자에게 정신적 상처를 주지 말자

항상 환자의 마음을 살피고자 노력해야 합니다. 내 기분대로 환자를 대해선 안 됩니다. 모든 환자를 존중해야 합니다.

○ 직원들에게 상처 주지 말자

나는 병원을 개업한 지 27년 되었습니다. 직원 다섯 명 모두 15년 넘게 근무했고, 두 명은 처음부터 같이 근무했습니다. 지금 병원이 이렇게 자리 잡은 것은 직원들 공이 큽니다. 식구들보다 더 많은 시간을 공유하는 사람들이기 때문에 물질적, 정신적 혜택을 주려고 노력합니다. 근무를 하면서 수직관계에서 오는 상처를 줄이고자 합니다.

　최근 친구 두 명이 병원을 그만두었습니다. 그만두면서 이제부
터는 자기가 하고 싶은 것을 하겠다고 했습니다. 그게 무어냐고 물
었더니 의과 대학, 병원 수련생활, 개업의를 하면서 못했던 것을 하
겠다고 했습니다. 읽고 싶은 책 읽고, 가고 싶은 곳을 가겠다고 했
습니다. 그것은 환자도 보면서 하면 되지 않느냐고 말렸지만 말을
듣지 않았습니다. 지쳤다고 했습니다.

　집에 와서 아내에게 사정을 얘기했습니다. 아내는 친구 부인이
참 억울하겠다고 했습니다. 남자들이 젊을 때는 자기 하고 싶은 대
로 다해놓고 이제 와서 또 멋대로 자기 하고 싶은 일을 하겠다는
것이 말이 되느냐는 논리였습니다.

　그리고 아내가 나에게 물었습니다.

　"당신은 더하고 싶은 것이 없느냐?"

이럴 때 잘 이야기해야 합니다. 부부싸움이 거창한 명분으로 시작하는 것이 아니란 것을 이제는 압니다. 젊은 시절 생각나는 대로 불쑥 이야기했다가 큰 싸움으로 번진 경우가 많았기 때문입니다.

"아니. 나는 지금까지 내 하고 싶은 대로 살았기 때문에 더하고 싶은 일은 없다. 열심히 죽을 때까지 환자를 볼 것이다."

아내의 얼굴에 미소가 번졌습니다.

며칠이 지나고 곰곰이 생각해봤습니다.

'진짜 나는 하고 싶은 일만 하고 살았는가? 더하고 싶은 일은 없는가?'

대답은 '그렇다'입니다.

평생 현역이신 이시형 박사님 전시회에서 한 작품을 구해서 진

료실에 걸어두었습니다.

"난 지금도 지하철 유료 승객입니다.

삶의 마지막 정거장에서도 그럴 수 있기를."

내가 평생 병원을 하겠다고 했더니 직원 다섯 명 모두 자기들도 같이 있겠다고 합니다. 그럼 나이 구십 넘은 의사, 그리고 칠십, 팔십대 간호사가 근무하는 병원…… 이래도 괜찮을까요?

엄마가 6년간 치매를 앓다가 돌아가셨습니다. 형제들이 돌아가면서 집에서 돌보았고 많은 배움을 얻었습니다.

치매는 참 무서운 병이었습니다.

치매 걸리기 몇 년 전 MRI를 찍었더니 곧 치매가 올 것이라고 예측했습니다. 그래도 우린 전부 웃었습니다. 엄마가 치매 걸리면 혼자 사시는 것을 정리하고 우리가 돌아가면서 사람을 구해서 모시면 된다고 했던 것은 순진한 생각이었습니다. 더구나 의사로서 치매를 안다고 생각했던 것은 착각이었습니다.

처음에 엄마가 물건이 없어졌다고 하고, 했던 소리 또 하고 할 때만 해도 엄마를 위로하면서 가볍게 지나갔습니다. 점차 증상이 심

해지자 한 번씩 집안이 난리 났습니다. 엄마는 누가 죽었다고 자식들 집에 밤새도록 전화를 하고, 가져간 물건 내놓으라고 새벽에 우리 집 문을 두드리고 쳐들어왔습니다. 돌보미를 구하면 욕하고 공격을 해서 며칠을 버티지 못하고 그만두었습니다. 새벽에 가출해서 경찰이 집에 데리고 온 적도 있었습니다. 이럴 때는 엄마의 눈빛도 달라져 있었습니다.

솔직히 엄마에게 가기 싫은 순간도 많았습니다. 공격적으로 나오는 엄마에게 내가 큰소리를 치고 강제로 소파에 앉히고 잠을 재우고는, 내가 왜 엄마에게 그런 짓을 했는지 부끄러워서 펑펑 운 적도 있었습니다.

증상이 심해지자 우리가 감당하기 힘들었습니다. 주간 보호 센터에 맡기고 잠은 집에서 재우다가 점차 요양원에 재우기도 하고, 일주일에 두 번은 집에 모셔와서 같이 보냈습니다.

국가에서 보조해주는 이런 도움을 받고 시간이 지나자 요령도 생기면서 대처하는 방법도 발전했습니다. 4년이 지나자 모시는 것도 편안해졌습니다. 이제 이렇게 계속 오래 사셔도 별 부담은 없겠다고 생각하는 순간 엄마는 주무시다가 돌아가셨습니다.

긴 시간 동안 배운 나름 치매 대처 방안입니다.

○ 치매는 병이 아니다
처음 엄마가 이상한 행동을 하자 설득하기에 바빴습니다. "나는 엄마 물건을 훔치지 않았다.""누가 죽지 않았다." 그래도 돌아서면 엄마가 똑같은 행동을 하는 것이 화가 나기도 하고, 똘똘하던 우리 엄마가 왜 이 지경이 되었는지 속상하기도 했습니다.

치매가 아니라 일본에서 사용하는 '인지기능 퇴화'란 말을 듣자 모든 것이 이해가 되었습니다. 뇌가 줄어들면서 나이가 일곱 살, 다섯 살, 세 살로 퇴화한다는 이야기였습니다.

내가 세 살 때 엄마에게 되지도 않는 억지를 얼마나 부렸겠지? 엄마가 보이지 않으면 불안해서 울지 않았을까? 그때 엄마는 이해하는 마음으로 나를 키우지 않았을까? 그렇다. 엄마가 나이 들어 자식에게 똑같은 짐을 주는데 귀찮은 일이 아닙니다. 되갚을 기회를 준다고 생각하니 마음이 편해졌습니다.

○ 엄마와 똑같은 수준으로 놀아준다

엄마의 뇌 수준이 그 정도라고 이해가 되자 똑같은 수준으로 놀아주었습니다. 엄마가 억지를 부리면 똑같이 억지 부리고, 별것 아닌 것으로 깔깔거리면 같이 깔깔거리면서 놀았습니다. 차츰 엄마와 유치하게 노는 것이 재미있었습니다.

○ 주말에는 엄마와 나들이한다

치매 특유의 무표정한 얼굴인데도 자주 보는 아들을 만나면 환히 웃으면서 원래 엄마의 얼굴로 돌아왔습니다.

엄마가 요양원에서 자는 날에는 내 이름을 부르면서 기다린다는 얘기를 들으면 괜히 죄를 짓는 것 같아 눈물이 났습니다. 치매지만 과거 기억이 또렷한 부분들이 많았습니다. 내가 몰랐던 과거 이야기를 시켜보면 엄마는 치매 걸린 노인이 아니었습니다. 시어머니 몰래 무뚝뚝한 남편과 영화관에 갔다가 들킨 이야기(우리 엄마도 그런 스토리가 있었나), 내가 크면서 단편적으로 궁금했던 기억을 물어보면 정확하게 사실들을 알고 있었습니다. 모르던 가족사, 개인 일에 대해 새롭게 아는 재미가 있었습니다.

○ 최선을 다하지 말자

처음 치매가 닥치자 목표를 남아 있는 자식들의 화목에 초점을 맞추자고 형제들과 의견을 모았습니다. 부모님은 언젠가는 돌아가실 것이고 남은 자식들이 서로 섭섭한 것이 없도록 누구 하나가 희생되지 말자고 했습니다.

서로 최선을 다하지 말자. 최선을 다하지 않아서 평생 미안한 마음을 가지자. 각자 형편 되는 대로 모시자. 물론 책임지겠다고 나선 나는 3년간 불필요한 저녁 약속을 끊었지만 최선을 다하지는 않았습니다.

○ 자기 부모는 자기가 모시자

엄마가 치매에 걸리자 며느리, 사위는 일단 최일선에서 뺐습니다. 우리 엄마는 우리 형제들이 돌보자고 했습니다. 우리 엄만데.

　돌아가신 지 4년이 지났습니다. 돌이켜보면 힘들었다는 기억은
없습니다. 견딜 만했고, 엄마와 참 좋은 경험을 공유했다는 기억
만 있습니다.
　치매. 무서운 것만은 아닙니다. 좋은 면도 있다고 생각합니다.
　새삼 엄마가 그리워집니다. 억지부리던 그 귀여운 모습이.

나는 점심을 견과류와 오트밀로 간단하게 해결합니다. 간단한 점심의 큰 의미는 아내 도움 없이 내가 금방 준비해서 먹는다는 것입니다. 여기서 차츰 더 나아가 아침, 저녁 중 한 끼도 내 손으로 해결합니다. 궁극적인 목표는 끼니를 해결하는 데 있어서 아내로부터 완전한 독립입니다.

친구들이 은퇴를 하자 집에서 구박받는다는 소리를 자주 했습니다. 인터넷에도 은퇴한 남자들의 실수에 대한 재미난 이야기들이 많이 실렸습니다. 어떤 모임에서나 화제 삼아 낄낄거렸지만 나는 이런 대접받는 것이 싫었습니다. 남자들이 허튼 일을 한 것도 아니고, 평생 일하다가 퇴직해서 집안일을 좀 못하는 것 이외에는 다른 잘못이 없다고 생각했습니다.

결국 남자가 평생 경제활동을 하면 이런 구박은 받지 않을 것이라 생각되었습니다. 사실 아내와 살면서 내가 생각해도 말이 안 되는 억지를 부리면서도 큰소리치는 경우가 있었다는 것을 나도 압니다. 돈을 벌어주기 때문에 이 정도 갑질은 해도 되고 아내는 참아야 된다고도 얘기했습니다.

"억울하면 당신도 돈을 벌든가. 나는 그런 생떼를 얼마든지 받아줄 수 있다."

생전 일을 안 했는데, 지금 와서 그렇게 이야기하는 것은 자기를 두 번 죽이는 것이라고 아내는 화를 냈습니다.

어쨌거나, 아내는 지금까지도 그런 억지를 받아주면서 살았는데, 내가 평생 일을 한다고 하니 그 정도는 앞으로도 참고 살겠다고 했습니다. 그래서 나는 평생 일하고자 합니다.

작년입니다. 사회적으로 성공하고, 아직 현역이고, 누구에게나 존경 받는 선배 집에 초대되어 갔습니다. 요즘 요리에 취미가 붙은 선배가 요리 선배인 나한테 실력을 선보이는 자리였습니다.

그런데 사모님 표정이 영 아니었습니다. 아이구, 또 장비부터 사고 사람 불러들이고, 혼자 할 줄도 모르면서 왜 또 자기를 끌어들이냐는 말들이 툭툭 나왔습니다. 밥하는 것 빼고는 모든 것이 완벽한 그 선배가 그런 대접을 받으면 안 됩니다.

그런데 선배는 선배고, 내가 어떻게 해야 할지 궤도 수정이 필요했습니다. 결국 밥 문제를 해결해야 아내에게 평생 기가 죽지 않겠다는 결론을 내렸습니다.

요리에 대해서 모르는 것을 자꾸 물어보니 아내가 딴지를 겁니다.

"왜 기를 쓰고 독립하려고 하느냐?"

"자유롭고 싶어서."

"자유를 찾아서 무얼 하려고?"

"자유?"

갑작스런 질문에 가슴이 멍했습니다.

무엇을 할지는 모르겠지만 자유란 말만 들어도 가슴이 벅차오
르기 때문입니다.

지금의 한옥병원으로 옮기기 전 병원이 있었던 상가에는 병원을 운영하는 동료들이 열 명 있었습니다. 아직도 한 달에 한 번 점심 시간에 모여 잡담을 하며 친목을 다집니다.

어느 날 이 모임에 5년 선배가 안면 마비가 걸려 나왔습니다. 이 제까지 병원 운영도 성공적으로 해왔고, 느긋하게 생을 즐길 나이 인데, 2년 전 다른 큰 병원을 인수하면서 고생했다고 알고 있습니 다. 그런데 안면 마비가 걸린 것입니다. 선배는 왜 이렇게 힘들게 살았는지 후회하면서 이제 병원도 안정되었고 좀 쉬면서 살아야겠 다고 했습니다. 참석한 우리 모두 마음이 편치 않았습니다.

　점심 시간이 끝나고 진료를 시작했으나 마음이 여전히 무거웠
습니다. 나는 환자 보는 것을 천직으로 여기고 평생 환자 보기로
한 사람입니다. 진료실에 갇혀 있는 것이 따분하다고 생각한 적
이 없는데 기분이 영 아니었습니다. 이렇게 살아야 하는지 자괴감
도 들었습니다. 날씨도 쾌청하고 꽃은 지천으로 핀 계절 탓도 있

었을 겁니다.

　예약 환자를 정리했습니다. 아내에게는 오늘 땡땡이쳐야겠다고 나오라고 했습니다. 대구 근교에 있는 친구에게 저녁 준비를 부탁했습니다. 평소 끝나는 시간보다 두 시간 빨리 병원을 나왔습니다. 전부 아줌마인 직원들에게도 오늘 그냥 집으로 들어가지 말고 꽃 구경하고, 차 한잔 마시고 들어가라고 돈을 주었습니다.

　대낮에 꽃이 만발한 교외를 달리니 금방 기분이 상쾌해졌습니다. 친구가 준비한 푸짐한 음식을 먹고 차 한잔 마시고 9시에 집으로 돌아왔습니다.

　짧은 시간이었지만 먼 길 휴가를 다녀온 것같이 개운한 일탈이었습니다.

〈오페라의 유령〉은 대형 뮤지컬로서 유명합니다. 많은 사람들이 각자의 감동을 다른 관점으로 얘기했지만 나는 그 내용에 가슴이 저렸습니다.

예술가적인 다양한 기질, 뛰어난 건축가적 감각과 정치적인 야망도 가졌던 에릭은 태어나면서부터 얼굴에 흉한 기형이 있었습니다. 에릭이 태어난 순간 얼굴 기형에 깜짝 놀란 부모가 던져준 가면이 그를 평생 지하에 숨어서 오페라의 유령으로 비극적인 삶을 마치게 했습니다.

양팔이 없이 태어났지만 엄청난 장애에도 불구하고 밝게 자라

서 와세다 대학을 졸업하고 활발한 사회 활동을 하고 있는 이웃 일
본의 청년 오토다케는 보는 이로 하여금 경이로움을 갖게 했습니
다. 하지만 나는 오토다케의 위대함을 그 어머니에게서 보았습니
다. 팔이 없는 장애를 가지고 태어난 아기를 본 부모의 첫 반응은
놀라움과 함께 수치심에 아이를 사회에서 격리시키는 것이 통상적
입니다. 하지만 오토다케의 어머니는 달랐습니다.

"어머, 이렇게 귀여운 아기가!"

이 첫 마디가 오토다케의 일생을 결정해버렸습니다.

치료가 어려운 병을 병원에서는 얼마 정도밖에 못 산다고 아주 정확하게 판정을 내리는 경우가 있습니다. 하지만 병원에서 몇 개월밖에 살지 못한다고 했는데 아직 살아 있다는 사람들을 나는 가끔씩 만납니다. 기적이라고 얘기하는 이런 사실을 어떻게 받아들여야 하는지가 요사이 나의 관심 사항입니다.

과학적으로 이해 안 되고 기적적으로 사는 환자들이 종종 있습니다. 현대 의학이 이런 기적들을 엉터리라고 얘기하는 것도 그렇고, 모든 현상을 과학적으로 설명하려는 것도 어리석습니다. 의사는 환자들의 생사 유무를 판단할 심판관은 아닙니다. 있는 현상 그대로 봐주는 것이 좋은 것 같습니다.

그럼 무엇이 기적을 만드는가. 누구는 신앙 때문이라고도 하고, 또는 모든 것을 포기하고 산에 들어가서 좋아졌다고도 하고, 그냥 암을 잊고 살았더니 그리되었다고도 합니다. 하지만 아직 무엇이 그런 기적을 만드는지는 아무도 모릅니다.

의사들은 환자를 끝까지 포기해서는 안 됩니다. 더군다나 몇 개월 남았다고 얘기하는 것 또한 피해야 합니다. 설혹 최악의 상태라 하더라도 육체적·정신적 고통은 덜어주어야 하고 끝까지 희망을 갖게 해야 합니다. 의사가 포기한 환자는 불안에 떨면서 사이비 치료에 귀를 기울이기 때문입니다.

의사의 말 한마디가 환자의 생사를 좌우할 수 있다고 나는 생각합니다.

냉
정
과

열
정

사
이

　나는 의과 대학생 때부터 그냥 외과가 마음에 들었습니다. 하지
만 응급실에서 심하게 다친 환자의 피를 보거나 째진 상처를 보면
속이 편치 않았습니다. 상처가 더럽거나 흉한 경우, 바로 놀라고 움
찔하는 행동으로 나타났습니다. 선배는 그럴 때마다 의사 특히 외
과의는 언제나 냉정해야 된다고 호통치고 훈계했습니다.
　너 한번 생각해봐라. 피를 흘리는 환자가 응급실로 왔다. 환자도
불안할 텐데 의사가 큰일났다고 소리치고 죽을지도 모른다고 얘
기하고 우왕좌왕하면 환자는 어떤 마음이 들 것이고 보호자는 안
심할 것인가. 또한 중한 병이라 어떻게 손쓸 방법이 없는데 그렇다

고 모든 상황을 비관적으로 얘기하고 의사 자기 걱정만 늘어놓으면 환자는 어쩌겠는가를 생각해보라는 것이었습니다.

그렇게 나는 훈련되어졌습니다. 사실 모든 의사들이 그렇게 훈련됩니다. 이제는 갑자기 피가 얼굴로 튀어도 놀라지도 않고 피하지도 않습니다. 아무리 급한 상황이라도 속은 바싹 타지만 서두르지도 않고 겉은 태연하게 행동합니다. 절망적인 환자 상태에서도 보호자에게는 최선을 다해보자고 무덤덤하게 이야기합니다.

의사들은 종종 환자들에게 항의를 받습니다. 당신 가족 같으면 그렇게 행동하겠느냐, 환자의 마음을 조금이라도 이해한다면 그런 말을 할 수가 있느냐, 어쩜 그렇게도 냉정하게 얘기할 수 있느냐. 하지만 의사들의 이런 냉정한 모습은 오랜 동안 훈련된 결과입니다.

의사들도 감정을 가지고 있습니다. 자살한 우울증 환자가 있으면 미리 감지하지 못한 죄책감으로 잠을 못 이루는 정신과 의사도 있고, 자기 자식 같은 아이가 몹쓸 병에 걸리면 부모 같은 심정으로 가슴 아파하는 소아과 의사도 있고, 응급 수술 도중 숨진 환자가 혹시라도 잘못된 결정으로 인한 것은 아닌지 자책하는 외과 의사도 있습니다.

미래가 창창한 젊은이가 원인 모를 복막염에 걸려 모든 치료를 했는데도 생명을 잃어서 한 달 이상 밥도 못 먹고 잠도 못 이루며 심한 가슴앓이를 한 경험이 나도 있습니다. 병이 중해서 서너 번 수술하고도 사경을 헤매는 아들 걱정으로 스스로 목숨을 끊은 환자의 노모 때문에 나는 한때 의사를 집어치워야겠다는 생각을 한 적도 있습니다.

환자들에게 병을 설명하고 여러 가지 가능성을 제시하면서 어떤 결정을 할 것인가 묻는 것이 의사들의 하루 일과입니다. 환자 가족들에게 당신 가족이라면 어떻게 할 것이냐라는 질문도 종종 받습니다. 병을 판단하고 치료하는데 냉정해야 하지만 그 질문을 접하고 자문해보면 분명 의사로서 환자의 감정에 좀 더 동조를 해야 할 필요성을 느낍니다. 너무 오랫동안 관습에 젖다 보니 냉정이 지나친 경우가 많습니다. 갑자기 심각한 병명을 듣고 당황하는 환자를 보면 침착하라고 꾸중도 하고, 자꾸 판단을 미루는 환자를 보면 빨리 결정을 하라고 핀잔을 주기도 합니다.

냉정한 머리에 따뜻한 가슴! 선배 의사의 충고입니다.

용
서

내 일생에서 가장 상처를 준 사람을 지난달 만났습니다. 그는 내가 전공의 시절 전문의 선배였습니다. 선배 의사는 독하기로 소문이 나 있었습니다. 일이 힘들고 잠이 부족하고, 아는 것은 없는 전공의 1년차로서 선배의 행동은 또 다른 괴로움이었습니다. 일을 가지고 꾸중을 하는 것은 받아들일 수 있었지만 인격을 모독하는 부분은 견디기 힘들었습니다. 그 당시 동료 전공의들이 1년 동안 세 명이 병원을 그만두었습니다. 그래도 미련한 나는 끝까지 버텼습니다.

전문의를 따고 병원을 떠날 때 인사하러 갔습니다. 그런데 선배는 건성으로 눈도 마주치지 않고 뒤돌아가버렸습니다. 그 순간 나에게 그렇게 악독하게 한 것은 가르치기 위해서가 아니라 인격적으로 모독했다는 생각이 들었고 언젠가 복수하리라 다짐했습니다. 한번씩 그때 일이 생각나면 시간이 지났어도 그냥 가슴이 두근거리고 감정이 격해지곤 했습니다.

세월이 지나 선배도 많이 달라졌다는 소문을 들었지만, 나는 한번 만나서 대들면서 주먹을 한방 날리고 실컷 울고 싶었습니다.

　그리고 그런 독한 마음이 10년 전부터 누그러지기 시작했습니다. 격해지던 감정도 차츰 무감각하게 되었습니다.

　몇 달 전 그 당시 동료들을 만난 자리에서 이런 감정을 얘기했더니 한 선배가 당장 만남을 주선했습니다. 그런 악연을 묵혀두면 안 된다고.

　그 선배를 만나기까지 며칠 동안 새롭게 지난 일이 생각나면서 감정의 기복을 겪었습니다.

　당일 서울역에 도착해서는 만남을 주선한 선배에게 연락해서 안 가겠다고 했습니다. 이제 분한 마음도 다 없어졌는데 지금 만나서 무얼 얻을 것인가 의문이 들었기 때문입니다.

　주선한 선배가 그래도 일단은 보자고 설득해서 약속 장소에 갔습니다. 그냥 손만 한번 잡고 미안하다고 했으면 분함은 풀릴 것도 같았습니다.

　그 선배 얼굴을 보는 순간 다시 가슴이 울렁거렸습니다. 아무 말 안하고 그냥 앉아 있었습니다.

　선배는 웃으면서 가볍게 얘기했습니다.

　"임 선생, 나 때문에 상처받았다며? 그 시절 전공의들은 모두 고생했지. 나도 선배들에게 얼마나 당했는데. 이제 만나서 얘기했으니 괜찮지?"

그렇게 그는 혼자 한 시간을 주절거렸습니다.

나는 한마디 말도 안 하고, 주먹 한방 날리지도 못하고, 울지도 못했습니다. 괜히 만났던 것 같습니다.

불
편
한

자
리

나는 한번씩 불편한 자리에 참석합니다. 이번에는 병원에서 6개월밖에 살지 못한다고 했는데 아직 멀쩡히 살아 있다고 얘기하는 사람들의 모임이었습니다.

참 불편했습니다. 내가 알고 있는 의학적 상식으로는 생존할 수가 없는데 엄연히 살아 있다는 사실을 어떻게 받아들일지가 불편했고, 그런 과정에서 병원에 마음의 상처를 입고 현 의료제도에 대한 많은 비판을 듣는 것 또한 불편했습니다.

그래서 구석에 그냥 묵묵히 앉아 있었습니다. 처음에는 변명할 말도 많았습니다. 불치의 병은 환자들이 논리적으로 판단을 할 수 없는 경우가 많다, 할애된 시간은 적고 의사가 잘 설명을 해도 환자가 엉뚱하게 받아들이면 의사가 지치기도 하고. 상황을 이해는

하지만 의사 혼자 힘으로 모든 환자들의 욕구를 만족시키는 것은 어렵다…….

하지만 시간이 지나면서 마음이 정리되기 시작했습니다. 어느 순간 환자들에게 미안한 마음이 들었습니다. 그들의 이야기에 귀 담아 들을 부분이 많았습니다. 앞으로 환자들을 어떻게 대해야 할지 구석에서 반성했습니다.

누구는 "책은 도끼다"라고 했습니다. 대부분 사람들은 책을 읽을 때, 자기 생각과 같은 구절을 확인하고 자기 생각을 더욱 확실히 굳히는데, 책은 도끼로 내려치듯이 다른 생각을 배우는 도구라고 했습니다.

같은 생각을 하는 사람을 만나면 편합니다. 다른 생각을 하는 사람을 만나면 불편하지만 배움이 많습니다.

만남은 도끼입니다.

무
언
가

이
상
하
다

12월에는 너무 따뜻한 날씨에 마당의 꽃망울이 터지더니, 1월에
는 기록적인 추위가 왔습니다. 과거에는 봄에 매화, 목련, 벚꽃, 라
일락 순서로 꽃이 폈는데 지난봄에는 한꺼번에 피었습니다. 기상
이변이란 소리를 자주 합니다.

　　일본의 후쿠시마 원전사고도 모든 경우를 예상하고 대비책을 마

런해 두었는데 예상치를 넘는 쓰나미가 닥쳐서 전문가도 당혹스럽다고 했습니다. 다른 분야를 전공하는 사람들 이야기를 들어보면 모두들 무언가 이상하다고 합니다.

잊혀졌던 전염병들이 메르스나 지카 바이러스로 나타나 우리를 위협하고 있습니다. 의사들을 만나도 각 분야마다 예전과는 병의 형태가 달라지고 있다고 얘기합니다.

한 분야만 30년간 환자를 본 나도 무언가 이상하다고 느껴집니다. 그동안 유방암은 일곱 배나 증가했습니다. 전에는 드물게 보이던 자가면역과 관련된 만성 염증성 병들이 증가하고 있습니다.

무언가 이상합니다.

진
짜

이
상
하
다

 몇 달 전 열일곱 살 고등학교 2학년생이 병원에 왔습니다. 다른 환자를 보고 있는데 대기실에서 깔깔거리고 웃는 소리가 들렸습니다. 자기 차례가 되어 엄마와 들어왔길래 내가 물었습니다.

"뭐가 그렇게 재미있니?"

"사는 게 다 재미있잖아요."

"자, 한번 볼까?"

 진찰을 하는 순간 놀라서 기겁을 했습니다. 만져보니 암이 확실했습니다. 검진 결과 유방암 2기였습니다.

 이런 경우를 만나면 나는 한동안 우울증에 빠집니다. 그냥 사는 게 재미있는 어린애한테 왜 이런 병이…… 도대체 무엇이 잘못되

었길래?

　어제 진료에서는 스물네 살 여성이 또 유방암입니다. 진짜 이상합니다. 전에는 이런 일이 없었습니다. 점점 더 이상한 병들이 늘어갑니다.

　흔히 지진이 일어나기 전 동물들의 이상한 움직임을 얘기합니다. 과거 잠수함에는 산소 농도를 더 예민하게 느끼는 토끼를 데리고 탄 적도 있습니다. 지진을 앞둔 동물이나 잠수함 속의 토끼같이, 환자를 보는 최일선에서 내가 수십 년간 느끼는 감입니다.

　진짜 이상합니다.

이
상
한

병
원

많은 사람들이 우리 병원을 보고 이상한 병원이라고 합니다. 병원은 대로에 있지 않고 작은 골목 안에 있습니다. 큰 간판이 있는 것도 아닙니다. 가까이 와야 보일 정도로 간판도 작습니다. 콘크리트 건물이 아니라 한옥입니다. 한옥 병원만 있는 줄 알았는데 뒤쪽으로 꽃밭이 있는 마당이 있습니다. 병원보다 더 큰 공간에서 차를 마시고 빵을 굽습니다. 좋은 생각을 가진 누구나 오면 건강한 빵을 맛볼 수 있고 음식도 나누어 먹습니다. 사람들은 왜 이런 이상한 병원을 지었는지 궁금해 합니다.

나는 한마디로 답합니다.

나는 의사란 직업이 너무 좋고 평생 환자를 보고 싶어서 이런 병원을 지었습니다.

나는 의사 생활 37년 동안 한 분야에 머무르지 않고 여러 번 변화해 왔습니다. 25년 전 유방암 검진만 하는 전문 클리닉을 열었습니다. 유방암 검진을 효율적으로 하는 시스템을 처음 도입했습니다.

2000년 들어 유방암이 급증하자, 유방암의 원인이라고 얘기하는 서구화된 생활 습관에 대해 관심을 가졌습니다. 먹거리에 대해 공부하면서 직접 현미 채식을 하고 체중도 줄였습니다. 건강한 먹거리를 알리는데 병원을 포함한 공간도 중요하다고 생각했습니다.

그래서 한옥으로 된 병원을 짓고 요리를 시작했습니다. 통밀로 된 건강한 빵을 구워서 병원을 방문하는 사람들에게 나누어주고 있습니다. 한옥에서 유방암 검진 진료를 하고, 빵을 굽는 공간에서 건강한 먹거리에 대해 교육도 하고 이야기를 나누고 차를 마시며 세상이 조금은 건강해지도록 사람들과 고민을 나누고 싶습니다.

왜 골목 안에 병원을 지었는지 궁금해 하는 분들이 많습니다. 많은 일들이 그렇지만 처음에는 의도한 바가 아니고 숙명처럼 일이 추진되었습니다.

병원 위치는 대구 시내 한중심이고 과거 고급 주택지로 한옥과 적산 가옥이 많은 동네입니다. 그런데 도심 공동화가 생기면서 노인들만 살면서 원룸들이 생겨나기 시작했습니다. 100년 가까이 된 과거 집들이 헐려 나가고 이 구역에만 원룸이 70군데 들어오자 의식 있는 단체들이 주목하기 시작했습니다.

한 단체에서 이런 사정을 나한테 설명하고 원룸 저지 대책위원을 맡아달라는 제안이 들어왔습니다. 나야 진료를 하면서 이름만 걸어 두어도 되니까 그러자고 했습니다.

드디어 또 원룸이 들어온다는 연락이 왔습니다. 집이 헐리는 과정부터 투쟁이 시작되었습니다. 포클레인이 들어오면 행동 대원들이 띠를 두르고 몸으로 막는 실랑이가 벌어졌습니다. 이런 일이 몇번 반복되자 구청에서 만나자는 연락이 왔습니다.

법적으로 아무런 하자가 없는데 왜 당신들이 그런 무력을 행사하느냐고 했습니다. 맞는 말이었습니다. 그때 언뜻 떠오른 생각이 그럼 땅을 내가 사버리면 되지 않을까?

그렇게 이 동네에 대해 관심을 가지기 시작했습니다.

자료를 찾아볼수록 이 동네의 매력에 빠졌습니다. 이곳 삼덕동은 과거 성 밖 동네입니다. 일제강점기 3·1 만세 운동이 지나고 통치가 안정기에 접어들자 일본인들을 이주시키면서 신도시같이 개발한 곳이었습니다. 자연히 대지도 넓었고, 반듯한 주택들이 많이 남아 있는 동네였습니다. 교통도 좋았고, 병원이 들어와도 좋겠다고 판단이 되었습니다. 시내 한중심이고 대로가 있는데도 골목으로 조금만 들어와도 차 소리 하나 없이 고즈넉한 적막이 풍기는 동네였습니다.

내가 꿈꾸던 병원 장소와도 일치하는 부분들이 많았습니다. 과거 선배 의사들의 병원은 골목 안에 많았습니다. 그런 병원은 동네 안방 역할을 했습니다. 시간이 나면 병원 한 켠에 모여 바둑도 두고, 동네 일이 있으면 병원이 사랑방같이 사람들이 모이는 장소도 되었습니다.

내 결혼식을 주례한 선생님은 친구 아버지였는데, 동네 외과 의사였습니다. 우리가 놀러 가면 같이 놀다가, 동네 사람들이 고민을 가지고 오면 해결해주고, 그러다가 환자가 부르면 큰 손전등을 들고 진료하러 나가곤 했습니다. 그런 동네 의사 모습이 너무 보기 좋아서 나도 그렇게 하리라고 꿈을 꾸고 있었던 겁니다.

지금 병원들은 전부 대로변에 있습니다. 대로는 차들의 거리입니다. 반대로 골목은 사람들의 공간입니다. 사람들과 어울려 평생 환자를 보고 싶습니다.

한옥 병원으로 옮긴 지 1년이 지났습니다. 하루 종일 병원에 있으면 환자 이외에도 많은 사람들이 찾아옵니다. 대부분은 영업 활동을 하는 사람들입니다. 직원들은 자기들 선에서 판단합니다. 오랫동안 같이 일해 온 직원들이라 내가 만나야 할지, 그냥 돌려 보내야 할지 손님 구분을 잘합니다.

얼마 전 환자 보는 중간에, 조금 기다린 분이라고 직원이 누군가를 데리고 들어왔습니다. 처음 보는 낯선 사람이었지만 직원들이 통과시킨 사람이므로 당연히 반갑게 인사하고 자리에 앉았습니다. 꽁지머리에 생활 한복을 입고 고무신을 신고 있었습니다. 어떻게 오셨는지 물었습니다. 자기는 지리산에서 공부하는 사람인데 시내에 나왔다가 차비가 떨어져서 방문했다고 했습니다.

당황했습니다. 직원들이 이런 실수를 하다니요. 좋게 타일러 보내고 직원들에게 왜 그 사람이 누구인지, 용건은 무엇인지 물어보지도 않고 들여보냈냐고 물었습니다.

책임 간호사가 말했습니다. 차림새를 척 보니 원장님 아시는 분 같아서 무사통과 시켰다는 겁니다.

나 참 기가 차서. 나는 그렇지 않다고 생각하는데, 직원들조차도 내가 별나다고 생각하는 모양입니다.

새로운 치료 방법을 제안했지만 평생 비난에 시달렸던 미국의 한 의사가 이런 말을 했습니다.

"합리적인 사람은 자기를 세상에 적응시킨다. 비합리적인 사람은 세상을 자기에게 적응시키려고 애쓴다. 하지만 세상의 많은 발전은 비합리적인 사람 때문에 이루어진다."

나는 이 말을 믿습니다. 하지만 비합리적인 사람이 세상에서 따돌림 당하고 힘들어 하는 것을 많이 봐왔기 때문에 나는 조금 수정해서 살고 있습니다.

"나는 합리적인 면을 추구하되 비합리적인 사람들을 자주 만나고 그 사고를 이해하자."

그래서 남들이 보기에 내가 조금은 별난 점이 있을 수 있다고, 인정합니다.

앞으로 우리 병원에 오실 땐 좀 별난 차림으로 오십시오. 무사통과입니다.

　새로 옮긴 병원은 찾아오기 쉽습니다. 하지만 골목에 있고 간판
이 작으므로 예약 환자들에게 위치를 안내하는데, 재미있는 현상
을 발견합니다. 병원 주위 지리를 전혀 모르는 사람은 쉽게 찾아옵
니다. 안내를 가만히 들으면 너무나 쉽게 찾아올 수 있는 위치이기
때문입니다. 그런데 병원 주위 지리에 대해 조금 아는 사람들은 안
내를 해도 건성으로 듣습니다. 그리고 헤맵니다. 막연히 알면서도
자기는 잘 안다고 판단하기 때문입니다.

　병에 대해서 한마디로 설명하기 어려운 경우가 많습니다. 병에
대한 치료의 접근도 한 가지가 아니라 아주 다양합니다. 의사의 역
할은 전문적인 지식과 경험으로 장단점을 따져서 합리적인 치료
방법을 권유하는 것입니다.

여기서도 병에 대해 자기는 전문 지식이 없다고 인정하고, 의료
진을 전적으로 믿는 사람은 아주 쉽게 선택을 하고 치료 결과도 좋
습니다. "알아서 해주세요." (물론 믿을 만한 의료진을 고르는 과정은 쉽
지 않습니다.)

그런데 "나도 배울 만큼 배운 사람인데." 주장하는 사람들이 가
장 힘듭니다. 우선 의료진 선택을 의심하고요. 그리고 자기가 아
는 의학 지식으로 끊임없이 갈등합니다. 이런 경우 병원을 자주 옮
기기도 하고, 시간을 낭비하고 잘못된 선택을 하는 경우도 많습니
다. 우리가 안다는 것이 꼭 알아야 할 것을 방해하고 있다라는 말
을 명심하게 됩니다.

"우리가 곤궁에 빠지는 것은 무지해서가 아니다. 잘못된 확신 때
문이다."_마크 트웨인.

살
구
나
무 병
원

봄에 병원 대문 밖에 심은 살구나무가 자리를 잡았습니다. 살구나무는 병원을 상징합니다.

중국 주 나라에 동봉이란 의사가 있었습니다. 환자들은 치료비 대신에 살구나무를 가져왔습니다. 살구나무는 열매, 씨 등이 약용으로 유용하게 쓰입니다. 시간이 지나자 병원 주위는 살구나무 숲을 이루었습니다.

현재도 살구나무 숲(행림)이라고 하면 병원을 상징합니다. 각 의과 대학 잡지나 축제 이름에도 살구나무 행(杏)이 많이 들어갑니다. 흔히 은행나무 杏으로 알고 있지만 은행나무 열매가 살구같이 빛난다고 해서 같이 사용합니다. 내가 추구하는 병원이 살구나무 병원이라서 상징적으로 살구나무를 심었습니다.

유방암 검진은 한옥 병원에서 하지만, 별채에서는 정성스럽게 건강한 빵과 밥을 준비해서 사람들과 나누고 있습니다. 환자만이

아니라 사회의 다양한 목소리를 듣고 이해하기 위해서입니다. 내 생각이 옳고 세상에 다른 생각이 없다고 생각하는 순간 그것은 다른 사람에게 폭력이 된다고 믿고 있기 때문입니다. 여러 사람들과 이야기를 나누고 싶습니다.

나는 자기 분야에 성실한 사람을 좋아합니다. 세상을 지키기 때문입니다. 별난 사람, 흔히 또라이라고 여기는 사람들 또한 재미있습니다. 세상을 바꾸기 때문입니다.

아직은 시작입니다. 우리 병원이 유방암 검진 클리닉으로 남기보다 살구나무 병원으로 남기를 바랍니다.

병원 뒤쪽에 빵도 굽고 차도 마시는 공간은 '한입 별당'입니다. 한입 먹는 음식과 말 한마디가 소중하다는 의미를 담고 있습니다. 다른 말로는 '커뮤니케이션 플랫폼(communication platform)'이라고 이름 붙였습니다.

세상을 부정적으로 보는 사람도 있고 긍정적으로 보는 사람도 있습니다. 나는 험한 세상을 아름답게 바꾸기 위해 힘쓰는 많은 사람들을 만나고 싶습니다. 혼자보다 여러 명이 모여서 생각을 나누면 더 큰 힘을 발휘할 것입니다.

한입 별당에는 긍정적인 마음을 가진 사람은 누구나 올 수 있습니다. 대신 남 이야기를 부정적으로 하면 안 됩니다. 불건강한 음식을 먹고 마셔도 안 됩니다. 건강하고 소박한 음식을 나누면서 서로 칭찬하고 좋은 이야기만 하는 공간입니다.

그런데 생각보다 어렵습니다. 특히 남의 말 하지 않는다는 것이 그렇습니다. 아내와 둘이 있어도 이 원칙을 지키고자 노력합니다.

그리고 요사이 한 가지 더 신경 쓰는 것이 화 안내기입니다. 내 기준에 맞지 않는 사람에 대한 화를 줄이고, 불평등하고 불합리한 사회에 대한 불평 대신 내 스스로 잘하자고 다짐하고 있습니다. 결심한 후 상당히 잘하고 있다고 자평하고 있습니다.

며칠 전입니다. 가을 배추 모종을 사와서 뒷마당에 심었습니다. 그런데 다음날 아침에 나갔더니 떡잎 정도만 있던 배추 싹이 깡그리 없어졌습니다. 망연 자실. 이 어린 것을. 누구 짓이냐 씩씩거리고 있는데, 통통한 메뚜기 한 마리가 아무 것도 모르고 폴짝 뛰는 것이 보였습니다. 순간 꼭지가 확 돌았습니다. 메뚜기를 손으로 잡아서 땅에 패대기치고 밟아 죽였습니다. 엄청난 살기였습니다. 정신을 차리고 보니 후회가 밀려왔습니다. 나름 수양하고 화 안 내겠다고 결심해놓고 메뚜기가 무슨 죄가 있다고, 몇 천 원도 안하는 배추 때문에 엄청난 살기를 느끼다니. 나 자신도 놀랐습니다. 그래도 남은 것이나마 키워서 먹어보겠다고 비닐 통을 덮어 씌웠습니다.

추신 :

많은 사람들이 궁금해 하는 한입 별당의 의미를 설명하면 참 대단한 안목이라고 고개를 끄덕입니다.

그런데 진실을 고백하면 처음 시작은 그런 뜻이 아니었습니다.

한옥으로 된 병원은 나의 공간이지만 차 마시고 빵을 굽는 곳
은 아내의 공간입니다. 이름을 지으려니까 떠오른 이름이 '한입'
이었습니다.

아이들이 자랄 때 외식을 하면서 메뉴판을 보고 주문을 하면 아
내는 꼭 자기 메뉴는 빼라고 합니다. 자기는 배도 부르고 한입만
먹을 거니까 빼라는 겁니다. 음식이 나오면 아내의 한 숟가락이 거
의 반을 차지합니다. 아이들은 엄마는 한입만 먹는다고 해놓고 다
먹는다고 불평을 하곤 했습니다. 그래서 우리는 아내에게 '한입 엄

마'라는 별칭을 붙여줬습니다. 그래서 공간을 한입 별당으로 하자니 아내가 극구 반대했습니다. 이름이 촌스럽다는 것이 이유였지만 자기의 그런 자잘한 행동을 그렇게까지 밝혀야겠냐는 생각이 강했습니다.

　이름을 두고 결정을 못 내렸는데, 공부를 많이 한 분이 오셔서 전후 사정을 들어보고 한입 먹는 음식과 말 한마디의 중요성을 띤 공간이라고 얘기하면서 좋은 의미라고 해서 이름 붙여졌습니다.

된
장

지난주 사람들이 모여 된장을 담갔습니다.

의료가 뭐냐고 했을 때 나는 의술을 통한 세상과의 소통이라고 생각합니다. 세상과 소통하는데 나에게는 의술이 가장 중요하지만, 다른 수단도 많으면 좋겠다는 생각에서 한옥으로 병원을 짓고, 건강한 빵도 굽고 건강한 음식을 나누고 있습니다. 시간이 지날수록 처음 생각했던 것보다 많은 인연들이 생겼습니다.

병원 뒤쪽 빈 마당을 보더니 누군가 장독을 하나 갖다 두었습니다. 부모님이 물려준 귀한 것인데 아파트에 두니 쓸 일이 없다고 했습니다. 이렇게 시작한 것이 지금 열 개도 넘는 장독이 모여 제법 모양을 갖추었습니다.

장독이 모여 있으니 무엇이 들어 있는지 사람들이 또 물었습니다. 환자들이 갖다 둔 것이지 아무것도 없다고 했더니 내가 요리도 좋아하니 된장을 담으라고 했습니다. 나는 된장에 대해서 전혀 모른다고 했더니 누군가 된장을 담그어주고 갔습니다.

몇 달 전 된장의 고수가 와서 된장을 어떻게 담그었는지 나에게 물었습니다. 자초지종을 얘기했더니 그건 전통 방법이 아니라고 했습니다. 그분을 통해서 된장에 대해서 많은 것을 알았습니다.

국산 콩을 쓰고 장작으로 불을 때서 메주를 만들면 전통 된장이라고 얘기하지만, 현재 된장의 맛을 결정하는 효소는 전부 일본 균(황록균)이었습니다. 효율적인 방법으로 일본이 아시아 발효균 전부를 지배한 역사적인 사실까지 덤으로 알았습니다.

이론적인 강의를 듣고 전통 된장 담근다는 공고를 붙였더니 30명이 모여서 지난주 된장을 담갔습니다. 처음 병원을 지을 때 목적이 사회와 소통하기 위해서라고 생각했는데, 여러 방향으로 쓰임새가 확대되어서 만족하고 있습니다.

선
입
견

"침 맞으러 왔습니다."

큰 소리로 병원에 들어오는 환자 소리가 진료실까지 들립니다. 유방암 검진을 하는 외과 병원이라는 작은 간판이 있음에도, 그냥 한옥을 보고 무심코 한의원으로 생각한 것 같습니다. 벌써 두 번째입니다.

환자를 보다가 대기실로 나가서 말을 붙였습니다.

"들어오세요. 내가 똥침은 잘 놓습니다."

한옥 병원을 방문하는 사람들의 선입견을 보면서 웃음이 나올 때가 있습니다. 교회 다니는 누군가는 병원이 한옥이고, 댓돌에 고무신이 놓여 있으니까, 왜 절같이 병원을 꾸몄느냐고 묻기도 합니다. 처마에 달린 풍경이 바람에 울리니까 절에 온 느낌이 든다고 합니다. 이런 가벼운 선입견은 웃어버리면 그만이고 재미있기도 합니다.

　나를 피곤하게 하는 것은 환자들이 가진 병에 대한 잘못된 선입견입니다. 사람들이 자기가 모은 한 뭉치 정보에다가 선입견을 붙여서 꼬치꼬치 물으면 참 피곤합니다. 아무리 전문적인 의견을 얘기해줘도 듣지 않습니다. 끝내 둘 다 얼굴이 벌겋게 되어서 돌아서는 경우도 가끔 있습니다. 환자도 힘들겠고 나도 힘듭니다.

　그런 날 저녁 모임에 갔는데 또 자기의 선입관으로 세상을 평가하고 불평하는 사람을 만나면 최악입니다.

　현대인에게 중요하다는 감성 지수(EQ)에 대해 나름 정리를 했습니다. 감성 지수는 '모든 일의 옳고 그름에 대한 판단은 나중에 내리기'라고 생각합니다.

　환자들도 이런 기준으로 보려고 노력하는데 최근 또 실수를 했습니다. 40대 환자가 유방에 혹이 만져진다고 왔는데 차림새나 말투가 정상을 벗어났습니다. 정신이 나간 것 같아서 자세한 대화는 포기하고 나도 사무적으로 대했습니다.

　암이 진단되고 며칠이 지난 후 사정을 알게 되었습니다. 아버지가 갑자기 돌아가시고 경황이 없는 중에 유방에 혹이 만져졌습니다. 불안해서 도저히 기다릴 수가 없어서 발인을 앞두고 상중에 병원을 방문한 것입니다. 환자는 정신 없이 행동한 것을 사과했지만 내가 부끄러웠습니다. 상황을 끝까지 지켜보고 그 일이나 사람을 평가하자고 다짐해놓고 이런 실수를 하게 됩니다.

요사이 스마트 폰으로 그룹끼리 소식을 나누는 일이 많아졌습니다. 가끔 일방적인 한쪽 주장을 소식으로 퍼나르는 경우가 있습니다. 당사자에게 직접 보았는지, 확인한 일인지 물어보면 자기도 소문으로 들었다고 얘기합니다. 대부분은 사실 왜곡이 많고 또 다른 갈등을 만듭니다.

나는 한창 쟁점이 되는 사항은 어느 쪽 주장도 귀 기울이거나 논쟁에 들어가지 말자고 다짐하고 있습니다. 섣부른 판단으로 상황을 오해하고 한 명에게라도 상처를 주지 말자고 생각하기 때문입니다.

병원을 25년 하고 보니 오랜 인연을 가진 환자들이 많습니다.
7년 전부터 현미 채식을 하고 체중이 25kg 정도 빠지자 내 모습도
많이 바뀌었습니다. 통통하던 이미지가 날렵하게 변했습니다. 대
부분이 과거 시절이 보기는 더 좋았다고 얘기합니다.

그런데 표현 방법이 사람마다 다릅니다. 대부분은 "살이 왜 이렇
게 많이 빠졌어요" 그럽니다. 부정적인 말입니다. 그 이면에는 무
슨 병이 있는 것은 아닌지 의심하는 겁니다.

이때는 내가 적극적으로 살을 뺀 이유를 직원들이 설명해줍니
다. 과거 비슷한 경험이 있었기 때문입니다. 목 디스크 때문에 칼
라를 착용하고 있다가 잠시 쉬었더니 온갖 소문이 났었습니다. 병
으로 입원했더라, 수술하러 미국 갔다더라, 심지어 죽었다는 얘기
를 오랫동안 들었습니다.

살이 빠진 나에게 몇몇은 이렇게 얘기합니다.

"다이어트에 성공했네요."

"몸이 가벼워 보입니다."

이런 소리는 듣기가 좋습니다.

나는 학교 다닐 때 엉뚱한 질문을 하다가 구박 당한 경험이 많습니다.

선생님   임진왜란 때 왜군으로 왔다가 평화를 사랑해서 한국에
         귀화한 김충선이란 사람이 있다. 한국에 조총 사용법을
         전수해서 많은 공을 세웠다.
나   그런데 선생님, 평화를 사랑하는데 왜 또 전쟁을 했어요?
선생님   (한참 있다가) 넌 왜 그렇게 삐딱하냐. 이리 나와.

"너는 참 이상하다," "너는 왜 그리 엉뚱하냐"라는 소리도 들었습니다. 똑같은 말이라도 "기발한 생각이다"라고 얘기하는 것이 좋지 않았을까요?

예쁘게 생기지 않은 아이에게 "너 이상하게 생겼다"고 하는 것보다 "너는 독특한 매력을 가진 얼굴이다"라는 표현이 좋을 듯합니다.

사람을 만나면서 말을 아껴야겠다는 생각, 긍정적인 말을 골라서 해야겠다는 생각을 합니다.

왼손으로 젓가락질을 시작했습니다. 양복을 맞추러 갔더니 나도 모르게 오른쪽 어깨가 10센티미터 정도 밑으로 처져 있는 것을 발견했습니다. 하루 종일 환자를 오른편에 두고 초음파나 조직검사를 했기 때문인 것 같습니다. 별것 아닌 조그만 행동인데 25년간 한쪽으로만 움직인 결과 팔꿈치, 어깨도 아파오고 균형이 기운 겁니다. 그래서 가능하면 딴 일은 왼손으로 하기로 했습니다.

과거 내 몸을 가지고 실험을 많이 했습니다.

배 수술 하고 나서 코에 꽂는 위 장관 호스를 환자들이 힘들어 하기에 나한테 직접 넣어봤습니다. 숨쉬기 힘들고 밤에 잠도 못 잘 정도로 불편했습니다. 중독성 진통제를 맞아봤습니다. 통증이 없는 상태에서 맞으니 구역질이 심했습니다. 밥 굶는 환자들이 어떤 심정일까 궁금해서 굶으면서 진료를 하다가 어지러워 쓰러졌습니다. 장 청소가 유행하기에 많은 소금물과 오일을 들이켰다가 기절했습니다. 다이어트를 모두 너무 힘들어 하길래 호기심에 시작했다가 나는 아주 쉽게 체중을 25kg 빼고 지금도 유지하고 있습니다.

살 빼는 것이 몸으로 실험하는 마지막인 줄 알았는데 또 시작이냐고 아내가 중얼거립니다. 그런데 왼손으로 젓가락질을 하니 좋은 점이 있습니다. 젓가락질이 서투르니까 우선 밥을 천천히 먹게 됩니다. 한 달 정도만 지나니 콩도 집을 정도로 어색한 것이 없어졌습니다. 뇌의 균형에도 좋다고 하니 계속 왼손을 사용해야겠습니다. 오랜만에 내가 하는 일에 수긍을 하면서 아내도 따라 하고 있습니다.

 알파고가 이세돌을 이겼습니다. 인공지능이 지금도 의료 분야에
조금씩 응용되고 있었지만 다음 세대의 일이라고 생각했습니다.
그런데 기술적 변곡점이 12년 후에 온다는 예측도 있습니다. 나는
앞으로도 30년은 병원 일을 더하리라 작정했는데 당장 나한테도
도전이란 생각이 드니까 잠이 오지 않았습니다. 며칠을 뒤척이다
가 해답을 찾았습니다.

 알파고는 엄청난 양의 데이터를 분석해서 변수를 줄이고 최상
의 해결책을 찾습니다. 즉 예측할 수 있는 가장 합리적인 수순을
찾습니다.

 그런데 병원에 오는 대부분의 환자들은 지극히 비합리적인 걱정
을 가지고 옵니다. 환자들은 병이 없다는 의사의 말은 알겠는데, 왜
이런지 궁금하다고 끊임없이 물으며 병원을 전전합니다.

"여기가 찌릿한데 왜 그래요?"

"검사를 해도 이상 없습니다."

"다른 사람은 안 그렇다고 하는데, 이상이 있으니까 나만 그런 것 아니에요?"

"이상은 없어도 그럴 수 있습니다."

"어제까지는 괜찮았는데 오늘 그러니까 걱정인데 진짜 괜찮아요?"

"예."

"그런데 나는 진짜 아프거든요."

때로 내가 설명을 포기하고 말없이 앉아 있으면 환자는 뭔가 개운찮은 얼굴을 하고 나갑니다. 환자가 나가는 순간 대부분이 예측

됩니다. 다른 병원으로 가든지, 다음에는 나한테 안 오든지.

하루 종일 환자들의 비합리적인 이야기를 듣고 설득하면서 지쳤는데, 집에 돌아와서 아내가 무심코 엉뚱한 이야기를 하면 아예 무시합니다. 아내는 모르는 자기에게 다시 한 번 이야기해줄 수 없느냐고 따지지만 하루 종일 시달린 나를 가만두라고, 귀찮아하며 얘기합니다.

이제까지는 환자들의 엉뚱한 소리를 서너 번까지만 참았는데 내일부터는 무한정 참아주는 연습을 해야겠습니다. 인공지능이 이런 것까지 따라올 수는 없겠죠?

　평창 패럴림픽에 자문위원 자격으로 3일간 다녀왔습니다. 선수
촌을 비롯해서 느긋하게 둘러보면서 느낀 점입니다.

　바이애슬런 경기장에 출전한 선수들을 보니 팔이 절단된 상태가
모두 달랐습니다. 어깨 바로 밑에 잘린 경우도 있고, 팔꿈치 부근
에 잘린 경우도 있었습니다.

　그런데 팔이 잘린 정도에 따라 달리는 균형이 많이 달랐습니다.
장애라도 신체가 많이 남아 있을수록 달리는 자세가 균형잡기에
좋았습니다. 의사로서 참고할 부분이었습니다.

　의사들은 환자의 몸을 수술할 때 병을 고치는 것에만 집중하게
됩니다. 흉을 걱정하는 환자에게 암 수술을 하는데 흉이 문제냐고
핀잔을 줍니다. 위를 잘라내면 소화는 어떻게 시키느냐고 걱정하
면 그건 그때 보자고 안심시킵니다.

병이 있는 부위를 자르더라도 나중 재활에 도움되도록 좀 더 고민해야겠다는 생각을 했습니다.

장애인 스포츠는 장비가 절대적입니다. 선수촌에는 독일의 유명 장비업체가 아예 수리 장비까지 갖추고 있었습니다. 후진국 선수들에게는 제일 인기입니다.

2년 전 리우 패럴림픽 때 이야기입니다. 북한의 여자 탁구 선수가 사지가 절단된 후 장애인 투포환으로 종목을 바꾸고 출전했습니다. 엄청난 최첨단 장비를 구경한 그 선수는 몇 달 후 결혼을 하는데 자기가 설 수 있도록 의족을 만들어줄 수 있는지 독일 장비업체에게 물었습니다. 회사는 회의 끝에 의미 있는 일이라 생각하고 선수의 귀국길에 다리를 달아서 보냈습니다. 이 모든 과정을 일본 NHK에서 취재를 했고 일본에 방영했습니다.

이번 패럴림픽에도 일본 NHK는 우리나라 기자의 두 배에 해당하는 인력을 보내서 다양한 이야깃거리를 취재했습니다. 주최국인데도 우리는 메달 따는 위주로 조금만 방영했습니다.

강
도

퇴
치
법

장면 하나.

2000년 미국 편의점에 강도가 들었습니다. 편의점 직원은 격투 끝에 강도를 잡아서 경찰에 넘겼습니다. 하지만 "강도가 들면 돈을 넘겨 주라"는 회사 내규를 어겼다는 이유로 그 직원은 해고되었습니다. 회사 관계자는 "우리에게 직원의 생명보다 더 가치 있는 것은 없으며, 영웅이 되고자 하는 직원이 있기 마련이지만 그런 노력은 항상 실패했다"고 해고의 당위성을 설명했습니다.

장면 둘.

서울의 한 신협에 강도가 들었습니다. 용감한 여사원이 뛰쳐나가서 강도를 마구 때려서 잡았습니다. 이 장면이 감시카메라에 잡

혔고, 9시 뉴스 시간의 톱을 장식하고도 모자라 모든 언론에서 여직원의 용감성을 보도했습니다. 며칠 지난 후 그 신협으로 예금을 하는 돈이 몰린다는 보도가 또 크게 났습니다.

우리는 강도가 들었을 때 용감하기만을 가르치지만 미국의 해리 팔머(Harry Palmer)는 색다른 주장을 합니다. 공격을 당했을 때 바로 사죄하라는 것입니다. 그래도 공격을 계속하면 보기에는 멀쩡하지만 나도 사실 알고 보면 곧 죽을 불쌍한 인생이라고 거짓 고백을 하라는 것입니다. 그래도 안 되면 내가 죽으면 돌봐야 될 노모나 장애인이 있다고 말하라 했습니다.

법조인 친구가 나에게 칼을 든 강도와 소매치기 중 누가 더 간이 큰지 질문을 했습니다. 당연히 강도라고 했습니다. 아닙니다. 답은 소매치기입니다. 가만 있는 남의 주머니를 뒤진다는 것은 여간한 담력이 없이는 불가능하다고 합니다. 하지만 강도는 자기가 겁이 많으니까 자기를 보호하기 위해 칼을 들고 꼼짝 마라 움직이면 찌른다고 소리칩니다. 그러므로 강도는 상대방이 조금만 움직이거나 소리쳐도 자기를 공격하는 것으로 착각해서 상대방을 찌른다고 합니다.

얼마 전 치과에 강도가 들었는데 반항하는 원장을 칼로 찔러 죽이고 현금 10만 원을 빼앗아 달아났습니다. 겨우 10만 원을 지키려다가 목숨을 잃은 꼴이지만 사실은 강도가 들어오면 즉시 신고

를 하거나 맨손으로 대드는 교육만 받아온 우리로서는 당연한 대
응인지 모르겠습니다. 격투 끝에 강도를 잡을 수도 있지만 확률은
희박합니다. 용감함이 필요할 때가 많지만 비겁함이 필요할 때도
있습니다. 누군가는 조금만 비겁하면 세상일이 편하다는 책을 펴
냈습니다.

  강도가 들었을 때 덤벼드는 것은 어리석은 행동입니다. 전혀 반
항할 의도가 없다는 것을 보여주고, 가지고 있는 것을 다 주는 것
이 현명한 방법입니다. 물론 범인의 얼굴을 보지 말아야 합니다.

  어느 자리에서 이런 나의 의견을 말했더니 한 선배가 말했습니
다. 자기 병원에 강도가 한 번 들었다. 자기도 이런 이론을 다 알고
있었는데 막상 일을 당하자 아무 생각도 나지 않고 그냥 떨다가 강
도가 돌아간 후 정신이 들었다는 얘기를 했습니다.

소중한 사람을 위한 이야기

특별한 서재

글을 쓰는 이도 책을 만드는 이도 책을 읽는 이도
자신만의 특별한 서재를!

http://blog.naver.com/specialbooks | www.specialbooks.co.kr
facebook.com/spceialbooks1 | instagram.com/spceialbooks1
주소. 서울 마포구 마포대로 33 한화오벨리스크 오피스텔 704
전화. 02-3273-7878 | 이메일. specialbooks@naver.com

2018 순천시
One City
One Book
선정도서

2018 충남
남부권역
한 책 읽기
선정도서

내일은 내일에게

김선영 장편소설 / 224쪽 / 12,000원

★ 한국청소년신문 우수도서
★ 학교도서관저널 추천도서 ★
★ 서울시 서부교육청 중학교
독서캠프 선정도서 ★

김선영 작가의 '시간'을 너머 진심으로 들려주고 싶은 이야기

"이대로 영영 혼자 될까 봐 무서워요"

스무 살이 되기 전에 몸 속 눈물을 모두 말려버리는 것이
목표인 연두의 이야기!

연두와 동생 보라는 아빠만 같다. 친엄마가 돌아가시는 바람에 아버지와 뒤늦게 합
류한 연두. 그러나 얼마 안 돼 아버지가 죽자, 새엄마가 보라만 데리고 떠날까 봐
내심 불안하다.

VIP 증후군

30세의 젊은 새댁이 이유를 알 수 없는 열이 계속되자 입원을 했습니다. 집안 배경이 막강한지 병원이 떠들썩했습니다. 종합병원에서는 전공의들이 상황을 파악하고 결정은 전문의가 내리도록 되어 있는데 이런 경우 상황은 역전됩니다. 전공의들이 병실을 들어가면 퇴짜 맞기가 일쑤였습니다. 작은 일에도 전문의들이 병실로 쫓아가야 했습니다.

그 환자는 모든 검사에도 아무런 이상 없이 열만 있다가 며칠 후에야 허벅지 부위에 염증이 나타났습니다. 불길한 예감이 들었습니다. 급성괴사성근막염을 의심했기 때문입니다. 흔한 병은 아니었지만 초기에 썩어 들어가는 조직을 많이 잘라내야 생존이 가능한 병입니다.

의사들은 토의를 거듭한 끝에 허벅지의 상당 부분까지 잘라내는 데 합의했습니다. 하지만 가족들은 병이 확실히 진단되었느냐, 책임질 수 있느냐고 추궁하면서 결정을 미루었습니다. 의사들도 진단이 애매했기에 과감한 치료를 할 수가 없었습니다.

며칠이 지나자 병은 좀 더 분명해졌습니다. 미룰 수가 없었습니다. 수술에 들어가 보니 밖에서 파악한 것보다 훨씬 심각한 상태였습니다. 하지만 일반적인 경우보다 수술 부위를 조금 잘랐습니다. 며칠 지나자 주위에 염증이 또 생겼습니다. 또 수술실에 들어갔습니다. 그 이후 의사나 환자는 엄청난 고생을 했고 결국 엉치 부분까지 한쪽 다리를 절단해야 했습니다.

병원에서 흔히 하는 얘기로 VIP 증후군이 있습니다. 잘 아는 환자이거나 유명한 사람을 치료하면 이상할 정도로 합병증이 많이 생기는 것을 말합니다. 경험적으로 정말 그렇습니다.

외과 의사는 빠른 판단, 완벽한 기술, 냉정한 이성을 가져야 합니다. 위급한 상황에서 망설임은 곧 죽음입니다. 판단한 대로 일단 시도한 후 다음 시술을 생각합니다.

흔히 외과 의사는 자기 가족의 수술은 못한다고 말합니다. 애처로워 칼을 못 댄다는 얘기가 아니라 냉정한 판단을 못하기 때문입니다. 염증이 있는 조직을 수술할 경우 원칙은 건강한 조직이 있는 부위까지 넓게 잘라내야 합니다. 하지만 가족이나 외부 입김이 있으면 이런 결정을 과감하게 내리지 못합니다. 손이 오그라듭니다.

나의 스승은 외과 환자는 수술 방에서 이미 합병증이 결정된다고 항상 강조했습니다. 그만큼 수술 방에서 외과 의사의 결정은 중요합니다. 수술 후 병실에서 인사나 잘한다고 병이 잘 치료되는 것은 아닙니다.

요사이도 수술 잘 부탁한다는 청을 넣어달라는 전화를 많이 받습니다. 무언가 부탁해야 잘되지 않을까 생각하는 환자 마음은 이해하지만 수술 전에는 부탁을 피하는 것이 좋습니다. 오히려 결정에 해가 될 수 있습니다. 평범한 사람과 대통령을 수술하는 손 중에 어떤 손이 떨리지도 않고 자유로울 수 있겠습니까?

환자를 부탁하고 싶다면 친구 의사를 찾지 말고 모르는 담당 의사를 찾아가십시오. 진지하게 불안감을 얘기하고 당신만을 믿는다는 한마디만 해도 세상에서 가장 든든한 백이 될 것입니다.

　　의과대학을 졸업하면서 히포크라테스 선서를 하고 참된 의사가
됨을 다짐합니다. 나 역시 그랬습니다.

　　그러나, 솔직히 히포크라테스가 왜 중요한지 가슴에 와닿지 않
았습니다. 우리 몸은 물, 불, 공기, 흙으로 되었다. 병은 이런 물질의
조화가 깨어질 때 온다. 치료는 자연적인 치유 과정에 맡겨야 된다
는 고대의 질병관은 속으로 웃음이 나왔습니다.

　　하지만 현대 의학은 나를 신나게 했습니다. 첨단 기계는 몸 구
석구석을 확인하고 병을 찾아냈습니다. 특히 전공이 외과인 나는
더욱 신이 났습니다. 눈에 보이는 병변을 수술하면 병은 사라지는

것 같았습니다.

환자들이 내가 권하는 치료를 거부하고 다른 대안을 얘기하면 냉정하게 돌려보냈습니다. 대부분 잘못된 선택이었다고 나중에 도움을 청하러 왔지만 이제 해줄 것은 아무것도 없다고 거절했습니다. 항암제나 다른 치료 과정이 너무 힘들다고 얘기하면 중요한 것은 생존률이라고 치료 데이터를 코앞에 내밀었습니다.

하지만 의사로서 경험이 쌓이자 병에 대한 많은 의문들이 생기기 시작했습니다. 대부분이 책에서 배운 대로 진단되고 치료가 되었지만 공식에서 벗어나는 경우도 있었습니다. 암이 전신에 퍼져 분명 몇 개월 못 산다고 추정했는데 멀쩡한 사람도 있었습니다. 너무 작은 암이라 괜찮다고 얘기했으나 몇 개월 만에 사망하는 경우도 있었습니다.

많은 것이 혼란스러웠습니다. 한때 유행한 대체의학도 관심을 가졌지만 황당한 주장이 너무 많았고 환자들에게 경제적인, 정신적인 고통을 주는 경우가 더 많았습니다.

병에 대한 새로운 접근을 끊임없이 생각했습니다. 분석적인 현대의학도 맞고 균형적인 보완의학도 모두 일리가 있다고 결론 내렸습니다. 병에 대해서는 다양한 방법으로 접근하되 최소한 신체에 해만 입히지 말자는 결론에 도달했습니다. 그러자 옛날 의사들의 병에 대한 접근 방법이 눈에 들어왔습니다.

일전에 터키를 방문하면서 히포크라테스가 활동한 세계 최초의 병원에 들렀습니다. 아스클레피온 언덕에 서기 4세기 전에 세워진 병원은 넓은 터에 유적이 아직 많이 남아 있었습니다. 병원 입구는 넓고 긴 대리석 길로 맨발로 걸어 들어가면서 치료를 시작합니다. 뜰의 샘물에서 몸을 씻고 80미터 돌 터널로 들어갑니다. 돌 터널 옆에는 흐르는 물소리가 들리고 지붕으로 빛이 들어오는 구멍이 있고 의사들이 위로의 소리를 신비롭게 들려줍니다. 일광욕을 하는 테라스도 있고 연극 등의 공연을 하는 수백 명 규모의 원형 극장이 있어서 웃음 치료를 병행하게 됩니다.

현대적인 의미로 보아도 훌륭한 접근 방법이었습니다. 자연, 심리 요법에 이만한 장소와 프로그램을 가진 접근 방법은 우리가 배워야 할 정도로 체계가 있었습니다.

같이 간 의사 세 명은 서둘러 선서 준비를 했습니다. 이제는 제대로 의미를 아는 히포크라테스 선서를 하고 싶었습니다. 병만 보지 말고 사람도 보자. 치료도 한 가지만 절대적으로 옳은 것은 아니다. 약이나 수술만이 치료는 아니다. 기다리는 것도 치료의 한 방법이다. 많은 생각이 머리를 스쳤습니다. 그리고 새로운 의사의 길을 가자고 선서를 했습니다.

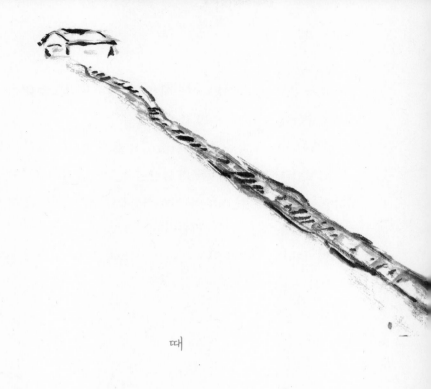

때

재주 많은 후배를 오랜만에 만났습니다. 그런데 얼굴이 영 아니었습니다. 주위 환경이 특별히 나쁜 것은 아닌데 살기가 싫다고 했습니다. 인생이 따분하고 재미를 못 느낀다고 했습니다. 우울증이라 생각하고 전문적인 치료를 권유했습니다.

10년 정도 인연이 된 90세 노인이 있습니다. 배움도 없고, 챙겨주는 가족도 없고, 주위에서 멸시 당하고 있어서 삶이 힘들어 보였습니다. 최근 돌이킬 수 없는 병에 걸렸습니다. 얘기를 해보니 자기는 오래 살고 싶다고 했습니다. 내가 보기에는 미련도 없을 삶이라 생각했는데, 노인은 아니었습니다.

사람들이 사는데 때가 중요하다는 말을 흔히 합니다. 그런데 환자들을 보면 때를 놓치는 경우가 많습니다. 살아야 하는데 죽어야겠다고 난리치기도 하고, 죽어야 될 시점인데 살아야겠다고 발버둥치고 무리를 하는 경우가 많습니다.

남 얘기가 아닌 것 같습니다. 나는 지금 어떤 시점인지 곰곰이 생각해봅니다.

체중을 줄이고 건강한 음식에 대해 얘기하자 강의 요청이 많아졌습니다. 내가 열심히 얘기하면 모두가 수긍을 하고 실천을 위한 구체적인 질문도 많았습니다. 나는 병원으로 불러서 방법까지 가르쳐줬습니다.

그런데 시간이 지나고 보니 변한 사람들이 드물었습니다. 쉽게 실천할 수 있도록 다양하게 내용을 바꾸어도 결과는 비슷했습니다. 그래서 나는 일방적으로 지식을 전하는 교육은 회의적으로 생각하고 있습니다.

가장 충격적인 경험은 당뇨가 심한 환자가 발이 썩어가고 망막 이상으로 눈이 멀어져도 습관을 바꾸지 못하는 것이었습니다. 사람이 바뀐다는 것이 쉬운 일은 아닌 것 같습니다. 그럼 사람을 변하도록 하려면 어떻게 해야 하는지 궁금합니다.

아는 것과 변하는 것은 별개라고 결론 내렸습니다. 변하는 것은 의지가 아니라 인식입니다. 백 번 의지를 가지고 결심을 해도 쉽게 바뀌지 않습니다. 깨달음이 중요한 이유입니다.

옛날의 교육 방법이 좋은 방법이란 생각도 들었습니다. 얼마 전까지는 조선시대에 관념적으로 논어, 맹자를 논한 것이 어리석은 교육이라고 생각했습니다. 실용적이지 못한 학문으로 당파 싸움만 한 한심한 선조로만 생각했습니다.

그런데 이제 생각이 바뀌었습니다. 관념적인 내용을 외우고 생각하고 토론하는 것이 어쩌면 사람을 바꾸는데 더 효율적인 방법이 되겠다고 생각하고 있습니다. 현재 교육도 고등학교까지는 논어, 맹자, 철학 등 기본적인 과목만 가르치고 실용적인 것은 대학에서 가르치면 좋겠습니다.

환자들도 자꾸 설명하기보다는 한 명씩 불러서 직접 간단한 밥상을 차려서 밥 한 끼 해주고 이야기를 들어주고 있습니다.

온라인에서 모임을 하면 이름보다 닉네임을 많이 사용합니다. 내 닉네임은 미련한 곰입니다. 내력은 이렇습니다. 이름이나 아이디를 나쁘게 짓는 사람은 없겠죠. 마찬가지로 나도 한때 우아한 아이디를 가졌습니다.

저희 아버지 별명이 곰이었고 나도 곰이란 얘기를 자주 들었지만 그렇게 싫지는 않았습니다. 누구나 나를 보고 참 편하고 재미있게 산다는 얘기를 해서 나는 아이디를 '행복한 곰'이라고 썼습니다.

그리고 몇 년이 지났습니다. 오랜만에 얼굴을 보는 모임 장소에 나갔습니다. 누군가 나한테 반갑게 인사를 하더니 "미련한 곰이 아닌가요?" 했습니다.

저는 펄쩍 뛰었습니다. 나 자신이 항상 명석하고 날렵하다고 생각했는데 미련한 곰이라니. 상대는 미안하다고 사과를 했습니다.

그런데 모임을 마치고 집에 와서 가만 생각해보니 진실이 보이기 시작했습니다. 정신과에 실언은 없다는 말이 생각났습니다. 나만 공연히 행복한 곰이라고 떠들고 다녔지 나를 보는 사람에겐 이미 미련한 곰이란 이미지가 각인되어 있었던 겁니다. 모두가 알고 있는 사실을 나만 모르고 있었던 겁니다.

이제 모든 것을 인정하기로 했습니다. 그래서 이후로 저는 아이디를 미련한 곰으로 바꾸었습니다. 슬픈 이야기입니다.

동네 골목 안에 한옥 병원을 짓고
요리를 시작했습니다.
통밀로 된 건강한 빵을 구워서
병원을 방문하는 사람들에게
나누어주고 있습니다.
한옥에서 유방암 검진 진료를 하고,
빵을 굽는 공간에서 건강한 먹거리에 대해
교육도 하고 이야기를 나누고 차를 마시며
세상이 조금은 건강해지도록
사람들과 소통하고 싶습니다.

2부

골목 안 병원에서의 소확행
(소소하지만 확실한 행복)

지금은 두지 않지만 내 바둑은 중간 수준입니다. 돌이 죽지 내가 죽느냐는 농담을 즐기면서 얼렁뚱땅 빨리 한판을 두는 수준입니다.

20년 전 아마 3단인 고수를 초빙해서 개인 지도를 시작했습니다. 첫날 그는 내 실력을 보자면서 돌을 아홉 개 놓으라고 했습니다. 속으로 은근히 부아가 났습니다. 아무리 그래도 아홉 개라니.

바둑이 시작되고 많은 검은 돌 사이에 흰 돌이 하나씩 놓이자, 내 눈에는 흰 돌이 전부 죽은 것같이 보였습니다. 나는 마구 공격을 하면서 회심의 미소를 지었습니다.

그런데 시간이 지날수록 죽는 것은 전부 검은 돌이었습니다. 결국 구석의 검은 돌 한 부분을 빼고 모든 돌이 죽어버렸습니다. 참담한 심정이었습니다.

죽는 것은 돌만이 아니었습니다. 내 자신이 부서지는 것 같은 느낌이었습니다. 고수의 한 수 한 수는 날카로운 비수와 같이 나를 무너뜨렸습니다.

　백건우 피아노 독주회에 다녀왔습니다. 아마 나이가 70대죠? 감동이었습니다. 같이 간 피아노를 전공하는 교수는 부분적으로 좋고 나쁜 점들을 전문적으로 얘기했습니다만 나는 감동이었습니다. 그는 복장, 무대 매너에는 신경 쓰지 않고, 쉼 없이 80분 동안 연주에만 집중했습니다. 도의 경지에 들어간 느낌이었습니다. 연주가 끝나고 피아노에 30초 정도 엎드린 모습은 숭고했습니다. 커튼 콜을 다섯 번이나 받았지만 앵콜 곡을 연주하기에는 모든 기가 빠진 것 같았습니다. 앵콜 곡을 안 한 것이 나에게는 더 좋았습니다. 고수의 행동 하나하나가 내 마음을 파고들었습니다.
　아, 나도 저렇게 본질만을 추구하면서 늙어가야겠다는 생각을 했습니다. 죽을 때까지 의사로서의 본질, 열심히 환자를 봐야겠습니다.

　혼자서 운영하는 레스토랑에 갔는데 요리사의 손놀림이 예사롭
지 않았습니다. 음식을 내는데도 아주 조심스럽고 그릇, 수저 하나
다루는데도 정성이 보였습니다.

　음식을 한번 대접하겠다고 그를 우리 집으로 불렀습니다. 아내
는 대가 앞에서 무슨 겁 없는 짓이냐고 기겁했지만, 나는 무언가
배울 것이 있으리라고 생각하고 모신 겁니다.

　간단한 식사를 준비하면서 이것저것 물었습니다. 그런데 재료를
다루는 손길도 조심스럽고, 심지어 끝나고 설거지를 하는데 찌꺼
기 하나 함부로 버리지 않았습니다. 내가 보고 느낀 감정을 그에
게 얘기했습니다.

　그는 요리뿐만이 아니라 식재료, 그릇, 찌꺼기를 정성스럽게 다
루는 것이 요리사의 기본이라고 배웠다는 겁니다. 이런 행동이 몸

에 배고 나니 찾아오는 손님에게도 정중해지고 자기 자존심도 올라간다고 했습니다. 아무리 육체적으로 힘들어도, 손님이 어떤 무리한 요구를 해도 자기는 흔들림 없이 자기 할 일만 한다고 했습니다.

그러고 보니 나는 아직 하수입니다. 환자가 말을 못 알아들으면 내가 씩씩거리고, 때로 환자 보기가 힘들다고 불평도 합니다.

또 배웠습니다.

골목 안에 병원이 있으니까 주위에 여러 가게들이 많습니다. 오래된 가게도 있고 우리 병원이 들어서고 비슷한 생각을 가진 사람들이 다양한 분야의 가게를 열었습니다.

○ 국악원

학교 국어 선생을 그만두고 15년째 국악을 가르치고 있습니다. 요즘 누가 장구 치고 소리 배우는가 궁금한데 꾸준히 찾아오는 사람이 있어서 신기합니다. 얼마 전부터 아이들에게 손 편지 쓰는 강의를 열고 초등학교마다 다니면서 교육을 하고 있습니다. 요즘 같은 세상에 가만히 앉아서 손으로 편지 쓰는 것을 가르치는 것이 컴퓨터나 영어보다 중요하다고 생각하는 분입니다. 꾸준히 우체국을

설득하더니 가게 앞에 빨간 우체통을 유치했습니다. 개막 행사에
참석해서 떡을 돌렸습니다.

○ 함박 스테이크 식당

30대 중반 아들과 어머니가 열었습니다. 자라면서 모자간의 갈
등이 많았는데 식당을 운영하면서 아들과 많은 이야기를 나누고
좋은 관계를 유지하게 되었다고 엄마가 더 좋아합니다.

○ 한식당

골목에 오래전부터 있었던 집입니다. 내가 주장하는 건강한 밥
상을 잘 이해하고 있습니다. 내가 이론적인 강의를 병원에서 하면
현미밥을 포함한 건강한 밥상을 잘 준비해줍니다. 멀리서 나한테
진료 받으러 오는 환자들은 점심시간에 이곳에서 꼭 밥을 먹고 가
도록 챙깁니다. 먼 거리 나한테 와준 것만 해도 고마워서 밥을 대
접합니다.

○ 미장원

35년째 이 동네에 있었고, 미용사는 75세입니다. 자기는 전문가
라고 얘기했지만 처음 찾아갈 때 많이 망설였습니다. 아내도 말렸
습니다. 젊은 사람이 머리 깎는 것보다 두 배나 시간이 더 걸립니
다. 꼼꼼한 것 같기도 하고 느린 손놀림 같기도 했습니다. 처음 머

리를 깎고 집에 오자 아내가 마구 웃었습니다. 꼭 초등학생 같다는 겁니다. 그러고 보니 그렇게도 보였습니다. 다음에는 젊은 사람들이 많이 가는 미장원으로 옮겼습니다. 그런데 너무나 빨리 성의 없이 하는 것 같았습니다. 무엇보다도 내가 또 오리라고 기다릴 것 같은 할머니가 생각났습니다. 그 이후 나는 할머니에게 가서 머리를 깎습니다. 자꾸 보니 어색하지 않습니다. 만족합니다. 끝나고 나면 야쿠르트도 한 병 줍니다. 얼마 전 이발을 하다가 가위를 땅에 떨어뜨렸습니다. 계속 가야 하는지 고민을 얘기했더니 친구가 명쾌한 답을 줬습니다.

"귀를 한번 베이면 그때부터 가지 마라."

이런 이웃 몇 명과 차 한잔을 하다가 그냥 재미로 내가 일회성 상가 번영회 회장으로 추대 되었습니다. 그리고 동네 잔치를 열었습니다. 음식을 준비하고 이웃 노인들을 부르니 우리 집 마당에 30명이 모였습니다. 서로 인사 나누며 밤늦게까지 즐거운 시간을 보냈습니다.

그런데 최근 길 건너 김광석 길이 유명해지면서 우리 동네 쪽으로 카페들이 밀려들기 시작했습니다. 흔히 얘기하는 유명한 장소의 임대료 상승을 감당 못하고 이곳으로 오는 가게들입니다. 작년 한 해 60개가 생겼습니다. 오래된 가게들이 현대식 카페로 자꾸 바뀝니다. 30대 젊은이가 대부분입니다.

몇몇 가게에 가서 우리 모임을 이야기했더니 들은 체 만 체 하고 흘려버립니다. 그런 것에 관심 없다고 잘라 말했습니다. 따뜻한 정이 없어지는 동네가 되어갑니다. 상가 번영회도 흐지부지입니다.

나
목
말
리

한달 전 병원 앞에 앰뷸런스 소리가 울리고 시끄러웠습니다. 병원 하는 입장에서 앰뷸런스 소리는 항상 긴장하게 만듭니다. 내 병원 특성상 응급환자가 있을 리는 없는데 혹시 내가 본 환자 중에 문제가 생긴 것은 아닌지 걱정되기 때문입니다. 알고 보니 옆 건물 원룸에 거주하는 20세 남학생이 간밤에 방 안에서 자살을 했다고 했습니다.

우리 병원은 주택이 많은 동네 골목 안에 있지만 요즘 대부분이 원룸으로 변했고 젊은이들이 많이 거주하고 있습니다. 이런 젊은이들은 동네 사람들에게 골칫거리입니다. 여기를 잠시 머무는 곳으로 생각하는 그들은 시끄럽고 쓰레기도 함부로 버리며 동네를 어지럽히는 주범으로 여겨졌습니다. 나도 마찬가지로 생각하고 있었습니다.

그런데 한참 피어나기 시작한 20세 젊은이가 바로 옆집에서 자살했다는 것에 마음이 아프고 지금도 그 사실이 머릿속을 맴돌고 있습니다.

지난주 대구 위성 도시 경산에서 15세 소년이 왕따를 당하다가 아파트 옥상에서 투신했습니다. 유서도 공개되었습니다. 옥상에서 뛰어내리기 직전에 적었습니다. 왕따당한 사실을. 그리고 가족에게 미안하다는 말을 적었습니다. 그리고 마지막 두 마디 "나 목말라. 물 좀 줘."

우리나라가 세계에서 자살률 1위라는 뉴스를 들은 지 오래되었어도, 하루 40명이 자살한다는 놀랄 만한 통계를 들었어도 그러려니 하고 놀라지 않았습니다. 옆집 젊은이가 자살을 하고, 많은 학생들이 자살한다는 기사를 봤어도 잠깐 놀라고 그만이었습니다.

그런데 15세 소년의 유서 마지막 말을 보는 순간 가슴이 멍했습니다. 남의 자식이 아니라 내 자식 같은 가슴 저림이 왔습니다. 아이가 그렇게 목말라 하는데 이제껏 내가 무엇을 했는지 자책감이 들었습니다. 죽음을 앞둔 두려움보다 홀로 도움 받지 못한다는 목마름에 절규하는 어린아이에게 미안했습니다.

이제 어린 학생들이 불손해도 좀 더 따뜻한 눈으로 봐야겠습니다. 마음에 안 드는 면이 있어도 이해하려고 노력해야겠습니다. 내가 먼저 웃으며 인사를 건네야겠습니다. 자꾸 엉뚱한 짓 하는 아이들은 한번씩 안아줘야겠습니다.

큰 아이 진로 결정을 앞두고 가훈을 바꾸었습니다.

"긴 호흡으로."

가훈이 바뀌다니?

내력은 이렇습니다.

아들이 초등학교 시절 매년 학기 초에 가훈을 적어오라고 했습니다. 우리 집은 평범한 집안이라 아버지한테 대대로 내려오는 가훈이 뭐라는 얘기를 들은 적이 없었습니다. 그런 내색을 아이들한테 할 수는 없어서 책을 찾아보고 무어라 적어 보냈습니다. 좋은 말로.

그런데 다음 해 또 적어 보내라는데 기억이 나지 않았습니다. 그래서 뭐 착하게 살자, 이런 식으로 적었습니다. 그랬더니 왜 가훈이 바뀌었느냐고 아들이 따졌습니다.

일순간 당황했습니다. 그래도 밀릴 수는 없지 않습니까? 그때 튀어 나온 말이 "야, 가훈도 옛날같이 변화가 없는 시절에나 몇 백 년 흘러가는 거지, 요즘 같은 시절에 변하는 것이 당연한 것 아니냐."

아들은 고개를 갸우뚱하면서 적어갔고, 나도 가만 생각해보니 그럴듯했습니다.

아이들을 키우다 보면 매일 충고하고 싶은 마음이 들지만 참고 참다가, 어쩌다 한 번 벼르던 얘기를 하면 잔소리 한다는 말을 듣습니다. 가훈으로 정하니 잔소리 한다는 말이 없어졌습니다. 가훈이라는데 감히 뭐라고 이의를 제기하겠습니까?

그 이후 몇 년에 한 번씩 가훈은 바뀝니다.

그동안의 가훈 중 생각나는 것들입니다.

o 변해야 산다

아이들이 회사도 아니고 뭐 이래 전투적이냐고 했습니다. 가훈
도 시대를 반영하기 때문이라고 했습니다.

o 세상에 공짜는 없다

가장 오래 사용했습니다. 말이 좀 투박스럽지만 살아보니 모든
부분에 해당되는 것 같아서 아이들에게 전해주고 싶었습니다.
나는 어떤 일을 할 때 아직도 이 기준에 맞추어 일을 결정합니
다. 특히 아이들이 어떤 행동을 해도 여기에 맞추기가 쉬웠습
니다. 공부를 게을리하면 세상에 공짜는 없고 노력한 만큼 거
둔다고 협박했습니다.

o 디테일에 신경 쓰자

작은 것을 자꾸 놓치는 것이 눈에 띄어서 정했습니다.

o 긴 호흡으로 생각하자

이번 가훈입니다. 일의 본질을 깨닫고 느긋하게 나아가자고
정했습니다.

o 하나

난치병에 대한 연구 모임이 있습니다. 대학병원에 있는 40대
의사가 주축이고 나는 연장자로서 고문입니다.

얼마 전 어떤 자료를 발표하는데 연령이 55세를 기준으로 해서
다른 연구 결과를 발표했습니다. 질문 시간에 내가 물었습니다.

"왜 55세를 기준으로 나누어 연구를 했느냐."

"55세 이상은 올드 에이지(old age)이잖아요."

멍~.

○ 둘

지난주 유방클리닉협회 회의를 주관했습니다(회장입니다). 옆의
후배가 커피를 가져와서 설탕을 어떡하느냐고 물었습니다. 내
가 커피에 설탕 안 넣는지 아직도 모르느냐고 핀잔 주었더니,
나이 들면 단것을 좋아하기에 설탕을 가져왔다고 중얼거렸습
니다. 떵~.

○ 셋

존경하는 선배한테서 전화가 왔습니다. 대구 시니어클럽에
들어오라는 겁니다. 외국에서는 올드(old)란 개념이 늙었다는
느낌을 주므로 시니어란 말을 쓴다고 추가로 설명했습니다.
선배 말을 처음으로 어겼습니다. 그게 그거지 아직 늙은 사람
들 모임에 가기는 싫습니다.

올해 들어 부쩍 나이에 대해 생각하게 됩니다. 나는 아직 팔팔한데 모임에서도 밀려서 장 자리를 세 군데나 맡았습니다.

나는 나이 들어가는 것이 참 좋습니다. 과거에는 화나던 일들도 느긋하게 바라보는 여유도 생겼습니다. 진짜 하고 싶은 공부를 하니 머리에도 쏙쏙 들어옵니다. 후배들 잘못을 탓하지 않고, 많이 말하기보다 잘 들어주자고 다짐하고 있습니다. 거의 대부분 모임은 내가 밥 사 주자고 작정하고 있습니다.

　나는 퀵 서비스를 자주 이용합니다. 편리하기도 하지만 다른 이
유가 있습니다. 전에는 간단한 서류 등을 가까운 거리는 직원을 보
내거나 몇 개 모아서 퀵으로 보내곤 했습니다. 이제는 한 개씩 자
주 보냅니다. 대부분은 10분 거리의 가까운 동네입니다.

　한번은 배달원을 만났더니 50대 가장이었습니다. 나는 단순히
생각했습니다. 배달원이 5천 원 받으면 점심을 사 먹을 것이고, 식
당 주인은 시장에 가서 재료를 살 것이고, 시장 상인은 아이들 학
용품을 살 것이고……. 그러면 내가 가진 5천 원보다 몇 배의 효능
을 가질 거라고 생각했습니다.

　그런데 이런 행위가 경제 용어에 있다는 것을 최근에 알았습니
다. 케인즈가 '승수효과'라고 얘기했습니다. 세계 경제 공항기 때

뉴딜 정책의 기본 개념이고요. 나는 상식적으로 생각한 일인데 전문 경제 용어가 있다고 하니 신기했습니다.

한번은 식당 주인인 젊은 여자가 아이를 앉혀두고 숙제를 시키는데, 식당 안에 손님이 아무도 없었습니다. 약속 때문에 지나쳤는데 내내 마음이 걸렸습니다. 그 이후 나는 음식점을 가도 맛있는 기준이 아니라 손님이 없는 곳을 골라서 갑니다. 단체로 가면 효과가 더 클텐데 다른 사람들은 생각이 다르기 때문에 나 혼자인 경우에만 그렇게 합니다.

그런데 사실 그런 음식점이 맛은 없습니다.

병원 주차장에 따로 관리인이 상주하는 것이 아니니까 때로 무단 주차 때문에 신경을 쓰곤 합니다.

언제부터인가 차 한 대가 무단 주차를 하면서 두 대분 공간을 차지하기도 하고, 연락을 해도 받지도 않고 제멋대로라는 얘기를 직원들이 했습니다.

내가 전화 해보기로 했습니다. 이미 나는 기분이 좋지 않은 상태였으므로 나오는 말이 사무적으로 딱딱했습니다. 상대방이 당연히 자기 잘못을 인정할 줄 알았는데 주차장이 빌 때 사용하는데 무슨 잘못이냐며 의외로 당당했습니다. 아무리 그래도 내 개인 공간인데 주인이 싫다면 하지 말아야 하는 것이 정상 아니냐고 물었습니다.

상대방은 인생 너무 빡빡하게 살지 말라고 반말까지 하면서 전화를 끊었습니다. 참 기분이 나빴습니다. 내가 뭘 잘못했는지 생각해봐도 화만 났습니다.

　며칠이 지나 옛날 일이 생각났습니다. 30년 전 어린이 날, 아이
들 데리고 어딜 가기는 가야겠는데 복잡한 걸 피하니 좋은 장소
가 떠오르지 않았습니다. 누군가 가까운 수녀원을 가면 조용하다
고 알려줬습니다.

　내 형제들과 아이들 20명 정도 수녀원을 가니 아무도 없었습니
다. 그늘 잔디밭에 자리를 잡고 즐겁게 하루를 보냈습니다. 저녁
무렵 자리를 정리하는데 수녀님 한 분이 오셨습니다. 여기는 수도
하는 곳이지 노는 곳이 아니니까 다음부터는 오지 말라고 웃으면
서 얘기 했습니다. 아침부터 계속 지켜보고 있었다고 합니다. 고맙
기도 하고 부끄럽기도 했습니다.

　내가 아무리 옳아도 꾸중을 할 때는 점잖게 했었어야 했습니다.

"CF 촬영 때문에 전화했습니다."

"무슨 제품 CF요?"

"커피입니다."

"누가 나오는데요?"

"정우성입니다."

"예?"

"정우성 모르세요? 그럼 장동건은 알아요?"

"예, 장동건은 압니다. 잘생긴 배우잖아요."

"그 정도 급이라고 생각하시면 됩니다."

커피 회사에서 CF를 찍는데 한옥과 일식 가옥이 있는 장소를 물색하다가, 우리 병원을 후보지로 보고 찾아왔습니다. 이야기는 일사천리로 진행되었고, 좋은 계약 조건으로 찍기로 했습니다. 주위에 이야기했더니 난리가 났습니다. 정우성이 유명한 배우란 것을 그때 처음 알았습니다.

그런데 촬영 일주일 전에 취소가 되고 군산에 있는 일식 가옥으로 바뀌었습니다. 우리 병원은 설계한 건축가가 모든 것을 협의했는데 까다로운 조건을 제시했고, 군산에서는 시에서 나서서 적극적으로 유치해서 그랬다는 얘기가 들렸습니다.

하지만 주위에서는 내가 정우성도 잘 모르고, 환자를 봐야 하니까 한 컷에서 촬영을 하라고 협조를 하지 않은 것도 큰 이유라고 얘기를 했습니다.

그렇게 해프닝은 끝났습니다. 주위에서는 아쉽다고 하는데 나는 아직 왜 아쉬운지 잘 모르겠습니다.

우리 집에는 수십 년간 TV가 없습니다. 아이들 키울 때 저녁에 내가 거실에서 무릎 꿇고 책을 보니까 애들이 심심해서 동화책이라도 보곤 했습니다. TV 없는 것이 좋다고 생각했는데, 드라마 〈미생〉이 유행할 때 모두들 얘기하는데 나만 모르는 것도 그렇고, 이번 같은 일도 생기니 내가 너무 한쪽으로 치우친 것은 아닌지도 생각해봅니다.

새
해

결
심

고등학교 때 내 소원은 오직 하나, 명문 대학 가는 것이었습니다. 고등학교 3학년 올라가는 새해, 12시 종이 울리자 비장하게 결심했습니다. 그리고 혈서를 쓰려고 연필깎이 칼을 준비했습니다.

혈서는 생각보다 어려웠습니다. 칼로 손끝을 베어도 너무나 아팠고 피는 나오지도 않았습니다. 시작한 것을 그만둘 수도 없었고 몇 번의 시도 끝에 피를 조금 내어 종이에 썼습니다.

"xx대."

딸이 고등학교 3학년 올라갈 때였습니다. 잠도 많고 나를 닮아 성격이 느긋해서 한번씩 핀잔을 줬습니다.

"야, 너는 고3이 되어도 어떤 결심도 없니. 아빠는 말이야 혈서까지 휘갈겼는데."

얼마 후 아내가 딸 책상 서랍을 열다가 나를 불렀습니다. 그곳에는 큼지막한 종이에 혈서가 있었습니다.

"OO대."

아마 내가 썼던 것의 세 배는 될 정도 크기였습니다. 마냥 철부지로만 알았는데 혈서를 썼다는 것이 대견스럽기도 하고 우스워 아내와 나는 배를 잡고 웃었습니다.

방에 들어온 딸은 부끄러워서 나를 때리기 시작했습니다. 웃음을 참으려 해도 참을 수가 없었습니다. 계속 맞았습니다. 내 경험상 그 정도 혈서를 쓰는 것은 도저히 불가능하다. 너 혹시 코피를 내어서 쓰지 않았느냐 얘기를 했습니다. 또 맞았습니다.

아직도 나는 가끔씩 새해 결심을 하고 있습니다. 과거에는 혈서까지 쓰면서 비장한 각오로 했었는데 요사이는 많이 부드러워졌습니다.

불
편
함
과
　
친
해
지
기

'불편함과 친해지기'는 몇 년 전부터 정해둔 새해 결심입니다.

　아이들이 서울로 올라간 후 주말에는 아이들 핑계로 자주 서울
에 머무릅니다. 아이들만 사는 것이 목적이므로 아파트에 살림살
이가 많지 않습니다. 물론 차나 TV도 없습니다. 처음에는 많이 불
편했습니다. 특히 차가 없으니 물건을 사러 가거나, 먼 곳을 갈 때
불편함이 많았습니다.

　그런데 몇 개월이 지나자 적응이 되기 시작했습니다. 웬만한 거
리는 걷게 되고, 대중교통을 이용할 때는 좀 더 이른 시간에 움직였
습니다. 그리고 시간이 나면 심심하니까 드러누워 주말 동안만 책

한두 권은 읽습니다. 대구에 있을 때보다 많은 분량입니다.

현대에는 너무 편리한 것만 찾다 보니 어느 사이 불편한 것은 나쁜 것으로 인식하고, 자꾸 더 편리한 것을 찾아다닌 것은 아닌지 자문하게 되었습니다. 불편한 것도 길이 들면 편한 것 같습니다.

이제 나이가 점점 더 들어가면 불편한 것이 더욱 많아질 것입니다. 눈도 더 어두워질 것이고, 힘도 없어질 것이고, 기억력도 줄어들 것이고, 병도 걸려서 힘든 일도 있을 것입니다.

불편함도 당연한 것으로 훈련하다 보면 모든 일이 즐거워지겠죠?

못
마
땅
한

변
화

힘든 여름을 보내고 있습니다. 더워서 힘든 것이 아니라 에어
컨 바람이 힘이 듭니다. 더운 대구에 살지만 우리 집에는 에어컨
이 없었습니다. 아이들도 자랄 때 땀을 뻘뻘 흘리면서도 잘 참아
줬습니다. 그래서 그런지 지금도 아이들은 웬만하면 에어컨을 켜
지 않습니다.

5년 전 처음으로 에어컨을 구입했습니다. 과거에는 덥기만 해서
참을 수 있었는데, 습도가 점점 높아지면서 참기 힘들었습니다. 그
래도 아주 약하게 잠깐씩만 틉니다.

그런데 문제는 진료실이나 공공장소에서는 에어컨이 강하게 작
동하고 있습니다. 나는 몸살이 날 정도입니다. 교회나 백화점이나

공공장소에 가면 매년 강도가 점점 더 세집니다. 사람들 항의 때문에 어쩔 수 없다고 합니다. 예민한 나는 느낍니다. 매년 점점 더 강해지고 있습니다.

나는 원래 음식에 소금이나 양념을 잘 넣지 않습니다. 7년 전부터 건강한 음식에 관심을 가지고 직접 요리를 하면서 양념 사용은 점점 더 줄어들었습니다. 재료 원래의 맛을 느끼면 훨씬 더 맛있습니다.

그런데 밖의 음식은 맛이 점점 더 강해집니다. 과거에는 가끔씩 밖에서 먹어도 먹을 만은 하다고 느꼈는데 요즘은 아닙니다. 맵고, 달고, 강한 소스 맛 때문에 외식을 하면 속앓이를 하고 항상 후회를 합니다. 해외 여행을 가더라도 똑같이 강해지는 맛의 변화를 느낍니다. 세계적으로 음식 맛도 점점 강해지고 특색 없이 맛도 똑같아집니다.

아내는 나보고 별나다고 합니다. 내가 별난 것은 알겠는데, 여러 가지 이런 변화가 바람직하지는 않은 것 같습니다.

본격적인 여름입니다. 외지로 가서 대구에서 왔다고 하면 그 더운 곳에서 어떻게 사느냐는 얘기를 많이 듣습니다. 더구나 에어컨 없이 살았다고 하면 놀랍니다.

나는 땅에 사는 사람, 동식물은 그 땅의 기후를 그대로 느껴야 건강하다고 생각합니다. 동네에서 철공소를 하셨던 아버지는 여름은 덥고 겨울은 추워야 제철 장사도 잘 되고 서민들이 돈을 만질 수 있고 경제가 제대로 돌아간다고 했습니다. 제대로 더워야 과일도 맛이 있고 곡식도 풍년입니다.

몸도 마찬가지입니다. 더위, 추위는 다 이유가 있습니다. 춥고 더워서 죽겠다고 하지만 제대로 춥고 더워야 몸 건강에도 좋습니다.

요즈음 아이들은 여름은 겨울처럼 겨울은 여름처럼 키워서 많은 병들이 생기지 않았는지 자문해봅니다. 이런 생각을 하는 부모 덕에 우리 집 아이들은 항상 덥고 춥게 자랐습니다. 친구 집에 놀러 가면 에어컨 있는 방에 들어가서 나오지 않았습니다.

이렇게 궁색하게 커서인지 식구 모두 에어컨 바람을 싫어합니다. 에어컨을 쐬면 콧물이 나옵니다. 아이들이 사는 서울 아파트에도 에어컨이 없습니다. 그래도 시원하답니다.

내 친구 아들이 같은 아파트에 이사 왔습니다. 여름을 어떻게 나느냐고 묻길래 여기는 시원해서 에어컨이 필요 없다고 했습니다. 다음 날 당장 전화가 왔습니다. 이렇게 더운데 에어컨 없이 어떻게 사느냐고.

그러던 우리 부부가 에어컨을 구입했습니다. 나이가 드니까 기온 차이에 견디는 힘이 많이 떨어진 것 같았습니다. 무엇보다 습도가 높아져서 참기 힘들 때도 있습니다. 그래도 에어컨에 선뜻 손이 가지 않습니다. 참다 참다가 잠깐씩 틉니다. 샤워하고 선풍기 틀어 놓으면 견딜 만합니다.

침묵

어지러운 세상입니다. 어디를 가도 분노하고 있습니다. 모두들 나름대로 해결책을 제시하고 다른 생각하는 사람들을 공격합니다. 나쁜 뜻은 없고 모두 이 사회를 걱정하면서 한마디씩 하는데 오히려 갈등을 키우고 있습니다.

2003년 미국이 이라크를 공격하자 무고한 시민들이 폭격 당하는 것을 막고자 세계 각국에서 많은 사람들이 이라크로 들어가 인간 띠를 만들었습니다. 그 속에 한국의 젊은 여대생이 있었습니다. 무슨 의식이 있었던 것은 아니었고 그냥 얌전히 교회만 열심히 다닌 아가씨였습니다. 폭격 소식을 듣고 순진한 아이들이 다칠 생각을 하니 가슴이 미어졌다고 했습니다. 며칠간 기도를 했는데 성경한 구절 때문에 이라크로 가기로 결정했습니다.

로마서 12장 15절. "웃으면 같이 웃고, 울면 같이 울어라."

자기가 할 일은 아이들을 직접 만나 손을 잡아주는 방법밖에 없다고 생각했습니다.

이후 나는 항상 이 구절을 생각합니다. 실천하기 쉬울 것 같았는데 참 어렵습니다. 남이 잘되면 배가 아프고, 못되면 위로를 한다고 하는데도 진정으로 동질감이 느껴지지는 않습니다. 특히 젊은 이들을 보거나 내가 보기에 한심한 사람을 보면 훈수하고 싶은 경우가 많습니다.

"내가 살아보니까 말이야."

"너희들은 뭘 몰라서 그러는데."

그래도 가능하면 참고 또 참습니다. 또 다른 반발과 갈등을 만들까 우려되기 때문입니다. 이야기하는 것보다 묵묵히 내 자리를 지키는 것이 답이라고 생각하고 그러고 있습니다.

기
다
림

꽃을 가꾸어 본 적이 없다가 병원에 마당이 생기자 꽃과 나무를 심었습니다. 일하는 사람을 불러서 할 정도는 아니라서 혼자 시간 나는 대로 가꾸고 있습니다. 척박한 도심의 땅이지만 비료를 준 적도, 약을 뿌린 적도 없습니다. 자연에서는 나무들이 알아서 잘 자라는데 당연히 그렇게 자라겠지 두고 있는 겁니다.

채식을 하면서 근교에 조그만 텃밭도 가지고 있습니다. 비료를 준 적도 없고 물도 제대로 주지를 못합니다. 그러니 영 부실합니다. 특히 가지나 토마토 등 열매가 맺히는 식물은 일정 크기가 되면 더 이상 크지 않고 볼품없이 됩니다.

주위에 같이 농사를 짓는 친구들이 한번씩 가져다 주는 가지를 보면 기가 죽습니다. 아무리 자연주의라도 기본 퇴비는 주고 가꾸어야 한다고 친구들은 조언해줬습니다. 귀찮기도 하고 생기는 대로 적게 먹으면 된다고 자위하면서 버티고 있습니다.

마당의 배롱나무가 올해는 꽃 필 시기가 되었는데도 아무런 기척이 없어서 자세히 보니 하얀 벌레들이 잔뜩 끼어 있었습니다. 올해는 꽃이 안 피는구나 생각하고 그냥 두었는데 한번씩 오는 나무 전문가가 정색을 하고 나를 꾸중했습니다. 정원의 나무는 자연 조건과 다르니까 사람 손이 당연히 가야 하는데 이렇게 두는 것은 정원수에 대한 죄악이라면서 약 이름을 적어주고 갔습니다. 약을 칠까 말까 하다가 꽃이 안 피면 안 피는 대로 보자는 심정으로 그냥 두었습니다.

그런데, 다른 꽃들이 시들 무렵, 꽃이 하나둘 피다가 뒤늦게 대부분 가지에서 꽃이 폈습니다. 아이들 키울 때도 간섭할까 말까 끊임없이 고민하면서 답을 못 찾았던 부분이라, 뒤늦게 핀 꽃들이 더욱 예뻐 보입니다.

　시월의 마지막 주말, 제주도 용눈이 오름에 혼자 다녀왔습니다.
5년째 하는 연례행사입니다.

　암이 걸려 절망하고 헤어나지 못하는 사람들을 상담할 때 처음
물어보는 질문이 있습니다.
　"인생에서 언제 가장 행복했습니까?"
　대부분 사람들이 아이가 대학 잘 가고 남편 일이 잘되었을 때라

고 답합니다.

그럼 다시 "본인이 행복했던 적은 언제입니까?" 물어보면 대부분이 멍하게 대답을 잘 못합니다.

그래서 나 자신에게도 물음을 던졌습니다. 살아가는 것이 나쁘지는 않다고 여기는 나도 가슴 벅찬 순간들을 집어내기가 쉽지 않았습니다. 이래선 안되겠다는 생각에 5년 전부터 시도한 일이 계절별로 가슴 벅찬 이벤트를 만드는 것이었습니다.

봄, 겨울은 아직 장소를 물색 중입니다.

여름에는 가장 더운 7월 마지막 주에 대관령에 갑니다. 숨이 막히는 대구의 공기를 벗어나 시원한 공기를 들이키는 것이 짜릿했습니다. 때맞춰 열리는 국제 음악제를 군이 입장하지 않아도 야외에서 느긋하게 즐기는 기쁨도 있습니다.

가을에는 제주도 용눈이 오름에 갑니다. 루게릭병으로 죽은 김용갑 사진작가가 가장 좋아한 오름입니다. 바람 많은 제주도에서도 가장 바람이 센 곳입니다. 억세도 좋습니다. 오후 늦게 올라가서 바람을 맞고 어두워 아무도 없을 때까지 하염없이 앉아 있습니다. 갈대의 움직임을 보고 있어도 좋고, 거친 바람 소리도 너무 좋습니다. 워낙 센 바람 때문에 노래를 불러도, 고함을 쳐도, 울고 통곡을 해도 바람에 묻혀져버립니다. 주위 들판을 지칠 때까지 걷다가 허름한 숙소로 돌아와 따뜻한 차 한잔 마시고 쓰러져 잠을 잡니다.

겨울에는 생각한 곳이 있습니다. 일본 홋카이도의 아바시리에서 오오츠크 해를 따라서 시레토코 반도를 걸어가는 겁니다. 키 높이의 눈이 오는 곳입니다. 아마 3일은 꼬박 걸어야 할 겁니다. 한없이 내리는 눈을 맞으며 걷다가 형편되는 대로 잠을 자는 겁니다. 아내가 위험하기 때문에 절대 안 된다고 반대해서 그냥 꿈만 꾸고 있는 행사입니다.

나는 이제까지 1년에 한 번 긴 일정을 계획해서 휴가를 갔습니다. 하지만 요즘은 딱히 날짜를 정해두지 않고 짧은 시간 잠깐씩 여행을 다닙니다.

그중 하나, 어느 공휴일 오후 그냥 시외버스 정류장에 나갔습니다. 목적지도 없이 막 떠나려는 완행버스를 탔습니다. 음악을 귀에 꽂고 잠을 청했습니다. 눈을 뜨면 무작정 내리기로 했습니다. 40분 정도 는 잠을 잔 것 같았습니다.

처음 와보는 시골의 읍 소재지였습니다. 내리니까 할 일이 없었 습니다. 그냥 정류장에 앉아서 오가는 차와 사람들을 보고 한 시간 가량 앉아 있었습니다.

그런데 할머니 한 분이 눈에 들어왔습니다. 나이 팔십 정도 된 할

머니가 버스가 오면 일일이 어디 가는지 물어보고 다시 돌아서기를 반복하고, 오늘 아파서 읍내 병원에 나왔는데 문을 닫았다고 중얼거리기도 했습니다. 직감적으로 치매라는 걸 알았습니다. 그 할머니를 보면서 치매를 앓다 돌아가신 어머니 생각도 하면서 30분을 더 앉아 있었습니다.

할머니 옆에 가서 이야기를 걸었습니다. 치매가 분명했습니다. 어머니 생각에 그냥 돌아설 수가 없었습니다. 집을 물으니 주소를 또렷이 기억하고 있었습니다. 나하고 집에 가자고 했더니 따라왔습니다. 택시를 잡아타고 할머니 동네까지 갔습니다.

마을 회관에 가니 다른 할머니들이 모여 있었습니다. 내가 이 할머니를 아느냐고 물었더니 헛소리하는 할머니라고 또 어디 갔었느냐고 놀리고 그랬습니다.

　물 한잔 얻어먹고 한참을 같이 놀다가 마을 회관을 나왔습니다. 읍내까지 걸어보기로 했습니다. 꽃이 예쁜 집에 꽃구경 들어갔다가 커피도 한잔 얻어먹고 그렇게 느릿느릿 마을 구경하면서 한 시간을 걸어 나왔습니다. 저녁에 집에 오니 적당한 피로감에 색다른 즐거움이 있었습니다.

이
런

여
행

II

"폭풍우가 오는데 가요?"

"폭풍우가 오니까 가야지."

아끼던 후배 두 명과 한달 전에 해인사에 가기로 약속했습니다.
깊은 산속에서 조용히 쉬다가 오기로 계획을 잡았습니다. 그런데
떠나기 며칠 전 후배가 일기예보를 보고 문자를 보냈길래 내가 답
한 것입니다.

산속에 가서 아무것도 안하고 푹 쉬는 것을 보여주겠다고 했는
데, 덤으로 비까지 온다니까 나로서는 가슴 설레는 일인데, 후배는

폭풍우가 걱정이 되어 연락이 온 겁니다.

10여 년 전까지 나는 비만 오면 가까운 산에 올라갔습니다. 우선 사람이 없어서 좋고, 비를 흠뻑 맞고 올라가서 바위틈에서 젖은 옷을 벗고 두터운 옷으로 갈아입고 따뜻한 커피를 마시면서 내리는 비를 보면 그렇게 좋을 수가 없었습니다. 누군 변태라고도 하고, 아내가 자꾸 위험하다고 말리고 집 놔두고 그런 청승이 어디 있느냐고 따져서 어느 순간부터 그만둔 일입니다.

주말에 산속에서 뒹굴다가 오기로 했는데, 폭풍우까지 몰려온다니까 과거의 야성이 되살아났습니다. 토요일 오후부터 따뜻한 방에 드러누워 문을 열고 처마에서 떨어지는 빗물을 하염없이 보았습니다. 산에서 내리는 비는 빗방울이 더 굵고 한 방울씩 자세히 보입니다. 후배들과는 아무런 이야기도 안 했습니다.

숲속으로 들어가 산을 쳐다보면서 엄청난 빗방울을 보고 또 보았습니다. 계곡에는 불어난 물로 굉음을 내고 물이 흘러내렸습니다. 굵은 바위가 많은 물에 휩쓸려 굴러내리는 소리는 장엄했습니다. 내가 가장 좋아하는 소리 중 하나입니다. 아직도 물소리가 가슴을 칩니다.

이
런
여
행
III

나는 비가 오는 날이나 낙엽이 떨어지는 늦은 가을에 외국인 선
교사 묘지에 가기를 좋아합니다. 서울은 양화대교 근방 천주교 절
두산 순교지 근방에 있고, 대구는 계명대 동산병원 뒷동산에 있습
니다. 그곳의 묘비를 보고 있으면 아련히 가슴이 저려옵니다. 종교
적인 의미는 별개로 하고서 말입니다.

그 당시 알려지지 않은 미지의 땅인 한국에 한달 넘게 배를 타고
온 것은 목숨을 건 일이었습니다. 많은 선교사들이 이 땅에서 자기
가족, 특히 면역력이 약한 아이들을 풍토병으로 잃었습니다. 그 아
이들이 지금도 부모들과 나란히 선교사 묘역에 묻혀 있습니다. 무
엇이 자기 가족을 희생하면서까지 이들을 이 땅에 불렀는지 생각
하면 가슴 저미도록 고마움이 앞섭니다.

경
주

   나는 한때 경주를 아주 좋아했습니다. 탑이 좋아서 똑같은 탑을 새벽에, 달밤에, 비올 때 가서 보곤 했습니다. 갈 때마다 감흥이 달랐습니다.

   경주에서 가장 좋아했던 곳은 보문단지가 아니라, 폐사지였습니다. 장항사지 터도 그렇고, 황룡사 터, 황성 옛터가 좋았습니다.

황량한 터에 주춧돌 몇 개 있는 곳에 가면 아련한 감흥이 왔습니다. 특히 쓸쓸한 늦은 가을이나 비 오는 날은 더없이 좋았습니다.

그런데 어느 순간 경주에 가기가 싫어졌습니다. 자꾸 개발을 하고 무엇을 짓기 시작하고부터입니다.

황룡사 목층탑을 복원한다는 계획을 끊임없이 추진하고 있습니다. 나는 반대합니다. 높이 80미터의 8층 목탑은 그 당시에는 엄청난 규모였을 겁니다. 하지만 지금 이 정도를 실제로 보면 대부분의 사람들이 작은 규모에 실망합니다. 상상 속의 탑은 실제 규모보다 어마어마한 의미로 각인되어 있습니다.

황성도 복원을 추진 중입니다. 지금 둘러보아도 20분이 채 안 되는 규모인데 복원해놓으면 동네 공원 정도일 겁니다. 무너진 황성이 아련하게 다가옵니다. 황성 옛터 노래도 동감이 됩니다. 황성의 넓이가 아니라 깊이가 느껴지기 때문입니다.

일전에 트로이 유적지에 갔는데 놀이공원에서나 볼 수 있는 작은 목마를 재현해놓은 것을 보고, 차라리 상상만 하고 오지 않았으면 좋았었겠다고 생각했습니다.

얼마 전 교동에 월정교를 복원했습니다. 어마어마한 돈을 들였습니다. 보기는 좋은데 나는 다시 가기 싫었습니다. 복원이란 그 시대 상태를 다시 살리는 것이 아니라, 시간에 따라 켜켜이 쌓인 역사적 산물을 그대로 살리는 것이라고 생각하기 때문입니다.

살아오면서 꼭 하고 싶었지만 못해본 것이 몇 있습니다. 그중 하나가 춤입니다. 학창 시절 고고, 디스코가 유행했지만 그 판에는 끼지 못했습니다. 춤을 추고는 싶은데 쑥스럽고 영 어색했기 때문입니다. 나이 들면서 춤을 추는 장소에 갈 일도 없어서 잊고 있었지만 한번씩 가슴에서 밀고 올라오는 여러 감정들을 몸으로 나타낼 수가 있으면 얼마나 좋을까 하는 아쉬움은 있었습니다.

해보고 싶은 것이 무엇인가 적어보다가 춤이 생각났습니다. 작정을 하고 현대무용 개인 강습을 시작했습니다.

나는 춤이라고 하면 무슨 정형화 된 동작을 익혀서 음악에 맞추어 추는 줄 알았습니다. 그런데 가르치는 분은 두 시간 수업에 한 시간은 스트레칭만 했습니다. 춤에 필요한 근육을 단련시킨다고 했습니다. 그리고 간단한 동작만 가르쳐주고 그냥 자신을 표현하라고 했습니다. 이제 드디어 몸치를 벗어난다고 생각하고 잔뜩 기대를 했었는데 실망이었습니다.

그런데 시간이 지나자 어느 순간, 춤이 쉽게 나왔습니다.

춤의 본질 – 어떤 정형화 된 동작은 없다고 했습니다. 남을 의식 말고 자기 감정대로 그냥 몸을 맡기면 춤이 되었습니다. 춤을 출 줄 몰라서가 아니라 남의 눈을 의식한 내 자신의 문제였습니다. 이제 나 혼자 있을 때 음악만 나오면 춤이 저절로 추어집니다. 완벽하지는 않지만 만족할 정도입니다.

얼마 전 핑크 마티니 공연을 다녀왔습니다. 다음은 록 공연, 그것도 스탠딩에 도전해볼까 합니다. 춤 바람 세게 났습니다.

　　지난주 이시형 박사님의 대구 문인화전을 성황리에 마쳤습니다. 문인화의 특징은 여백과 균형이란 말에 공감이 갔습니다.

　　오래전 일입니다. 농협에 갔더니 현판에 붓글씨로 "身土不二"가 크게 붙어 있었습니다.

　　그런데 토(土) 위에 점이 하나 있었습니다. 圡. 이상하게 생각들어 직원에게 물었습니다.

　　"저건 토가 분명한데 점이 하나 더 붙어 있으면 무슨 글씨냐?"

　　직원은 당황하면서 "왜 저렇지, 파리 똥이 묻어서 그러나." 중얼거리면서 유리를 닦기도 하더니 결국 모르겠다고 했습니다.

　　그때부터 한자를 알 만한 사람들에게 물었습니다. 대부분은 실수이겠지, 글쎄라는 대답이었습니다.

　　그런데 서예를 하는 분이 답을 주었습니다. 서예는 균형이다. 글씨를 써놓고 보면 무게가 한쪽으로 기우는 경우가 있다. 그때는 글에 구애 받지 않고 균형을 주기 위해 반대쪽에 점 하나를 찍는 것이라고 하면서 다른 경우를 보여주었습니다. 고개를 끄떡이게 하는 설명이었습니다.

그래서 나도 흉내를 내기 시작했습니다. 10여 년 전만 해도 연하장은 일일이 손으로 만들어 정성을 담아 보냈습니다. 나는 어쭙잖은 그림 하나, 그리고 그 사람과의 인연을 적어 보냈습니다. 그런데 그림은 괜찮은데 간단한 점 하나 찍는 것이 가장 어려웠습니다. 대가의 점 하나는 자연스러운데 내 점은 흰 종이 어디에 찍을지도 난감하고, 고심 끝에 한 군데 찍어도 뭔지는 모르겠지만 부자연스러웠습니다. 흔히 그림에 점 하나 찍어놓고 몇 억씩 하는 것이 이해가 되었습니다.

박사님 그림이 많이 간결해지고 자연스러워졌습니다.

집
밥

　직원 식당을 보기 위해 샌프란시스코 구글 회사를 방문했습니다.

　요즘 여러 가지 난치병이 증가하는 이유는 복합적이지만 나는
음식도 상당 부분 원인이 된다는 확신을 가지고 있습니다. 잘못
된 식생활을 개인이 노력해서 고치는 것도 필요하지만 사회생활
을 하는 현대인들이 쉽게 할 수는 없습니다. 바람직한 해결은 회사
나 사회에서 올바른 식생활을 공급하기 위한 시스템을 갖추는 일
입니다. 그 시스템을 세계에서 가장 잘 갖춘 곳이 구글이라고 알
려져 있습니다.

　구글 건물 곳곳에 식당이 많이 있었습니다. 음식이 종류별로 있
고 24시간 운영했습니다. 좋고 나쁜 음식에 대한 분류도 해두었
습니다.

　시스템은 소문대로 잘되어 있었습니다. 하지만 좋은 시스템을
어떻게 직원들에게 전달해서 건강한 먹거리에 관심을 가지도록
하는가 하는 세부적인 접근은 구글이 하는 일인데도 부족했습니

다. 하지만 내가 다양한 해결책을 생각하는데 많은 도움이 되었습니다.

나머지 미국에서의 시간은 아는 분 집에 있으면서 밥만 해주고 왔습니다. 바쁘게 사는 미국 생활에서도 건강한 먹거리에 대한 관심은 모두 가지고 있었습니다. 그래서 유기농 마트에 가서 재료 고르는 방법을 알려주고, 아주 간단하면서도 맛있고 배부르게 먹는 건강한 밥상을 일곱 끼나 차려주었습니다.

집밥이 대세입니다. 나도 동감합니다. 무슨 음식이 어디에 좋다는 것이 아니라, 집에서 밥을 해먹으면서 재료도 챙기고 음식에 대해서 고민하는 것이 건강을 챙기는 첫걸음이라고 생각합니다.

누구나 마찬가지로 나도 40대가 가장 바빴습니다. 전공을 공부하고 병원을 운영하고, 인생을 풍요롭게 하기 위해서 많은 취미를 가져야 한다기에 배우는 것이 열 개도 넘었습니다. 일을 안하고 쉬고 있으면 후퇴란 생각이 들었고 불안했습니다.

7년 전부터 현미 채식을 하고 체중을 25kg 정도 뺐습니다. 그리고 마당이 있는 한옥으로 생활 공간이 바뀌자 생각이 달라졌습니다. 남한테 강의 듣고 배우는 시간을 가능하면 줄였습니다. 혼자 심심함을 즐기고 일상생활의 작은 일에 재미를 붙이고자 했습니다.

최근 재미를 붙인 것이 밥하기입니다. 지금까지 웬만한 음식을 손수 하면서도 밥은 그냥 압력 밥솥에 맡겼습니다. 솥으로 밥하는 것은 물과 불 맞추기 힘들다고 알고 있었기 때문입니다.

그런데 관심을 가지고 밥이 되는 원리를 공부해보니 쉬웠습니다. 물은 적당히만 맞추고 불을 가하면 물이 있는 동안은 100도를 넘지 않기 때문에 쌀은 익기만 합니다. 물이 거의 없어질 무렵이면 뚜껑으로 진한 거품이 올라옵니다. 이때부터 물이 없어지는 밥의 윗부분부터 타기 시작합니다. 불을 줄이고 물이 바닥까지 갈 때까지 약한 불을 가합니다(뜸 들이기입니다). 구수하게 타는 냄새가 날 때까지 열을 가하면 밥의 아래부터 위층까지 다양한 층의 밥이 됩니다. 경험상 타는 정도가 4층 이상 되어 섞이면 가장 맛있는 밥이 되었습니다. 한 목소리보다 다양한 목소리가 조화롭게 어울리는 것이 건강한 사회가 되는 것과 같은 이치였습니다.

일본에서 전문 돌솥을 직구했습니다. 그리고 세상에서 가장 맛이 있다는 쌀 – 고시히카리로 밥을 하면 그냥 간장 하나만 있어도 맛있게 먹습니다.

밥하는 한 시간 동안 설렘, 기쁨을 느끼고 있습니다.

부
부

싸
움

  아내한테 잔소리 하다가 2주간 부엌 출입 금지를 당했습니다. 요
리를 시작하면서 부엌을 같이 쓰니까 아내에게 잔소리할 일들이
자꾸 생겼습니다. 특히 냉장고를 뒤지면 몇 년 묵은 것들이 자주
나왔습니다. 한 번씩 내가 냉장고 정리를 하고 버릴 것들을 주방
에 쌓아두면 아내가 뉘우치고 다음부터는 잘하리라 생각했습니다.

  하지만 내 예상과는 달리 다음부터 그러지 않겠다는 이야기도
없을 뿐더러 그 버릇은 반복되었습니다. 나는 약이 올라 다시는 그
러지 말라고 강하게 경고했습니다.

  그러자 아내가 정색을 했습니다. 길 막고 세상 여자들한테 다 물
어봐라, 부엌과 냉장고는 모두 다 그렇다고 오히려 큰소리를 쳤습
니다. 그럼 진짜 아무한테나 물어볼까 했더니 그러라고 했습니다.

가장 우호적일 것 같은 시누들(누나, 여동생)에게 늦은 밤인데도 당장 전화를 했습니다.

그런데 세상에! 남자가 냉장고를 뒤지고 잔소리를 하면 안 된다고 나를 꾸중했습니다. 아직 세상 어떻게 돌아가는지도 모르느냐는 충고와 함께. 기세등등한 아내에게 그렇게 출입 금지를 당했습니다.

내가 뭘 잘못했는지 이해가 되지 않아서 결혼 안 한 선배에게 하소연했습니다. 그런데 선배는 웃기만 하면서 주절거렸습니다.

"임 선생 아직 신혼이네. 알콩달콩 사랑싸움하고."

선배는 뭘 모릅니다. 부부싸움이 처음부터 거창한 이념을 가지고 시작합니까? 대부분이 하찮은 말다툼으로 시작해서 큰 싸움으로 번지지 않습니까?

글
씨

글씨 연습을 하기 위해 새해에 만년필을 하나 샀습니다.

윤정희가 주연한 영화 〈시〉를 보면 김용택 시인이 시 수업하는
장면이 있습니다. 사물을 찬찬히 살피고 의미를 생각하는 습관이
시를 쓰는 첫걸음이란 말에 공감했습니다. 그리고 연필을 깎고 흰
종이 앞에 앉으면 세상을 얻은 것같이 가슴이 두근거린다고 했습
니다.

전체적인 큰 틀에서는 상당히 공감하지만 나는 연필을 쥐고 종이 앞에 앉으면 다른 의미로 가슴이 두근거립니다. 글씨 쓰는데 열등감을 가지고 있기 때문입니다.

글씨에 대한 기억 두 가지.

초등학교 시절 받아쓰기가 있었습니다. 나는 글씨를 못써서 주로 3마루를 받았습니다. (일본어를 써서 미안합니다. 그 당시는 일본어인 줄도 몰랐습니다. 선생님이 색연필로 동그라미를 그려주었습니다.)

그런 나를 부엌 옆의 마루에 앉혀서 엄마가 연필을 쥐어주고 밥하는 중간에 글씨 한 자 한 자를 감독하는 날은 만점인 5마루를 받았습니다.

대학생 때 리포트는 요즘과 달리 볼펜으로 직접 썼습니다. 그런데 나는 주로 B를 받았습니다. 옆의 여학생들을 보니 내용은 별 차이가 없는 것 같은데 항상 A였습니다. 예쁜 글씨에 두세 가지 색연필로 정리한 숙제는 내가 봐도 산뜻했습니다. 나는 차이가 색연필에 있다고 생각했습니다.

'너희들이 3색이면 나는 12색이다.'

당장 문방구로 달려가서 12색 연필을 샀습니다. 다음 리포트를 정성을 다해 색칠을 했습니다. 12색으로.

기대에 부푼 나는 결과를 보고 까무러쳤습니다.

"C."

그리고 밑에는 "정신 너무 혼란스럽게 하지 마시오."라고 씌여 있었습니다.

그러다 워드를 사용하고 진료까지 전자 차트를 사용하니까 한 번씩 쓰는 글씨가 점점 더 이상해졌습니다.

갑자기 글씨를 잘 쓰고 싶은 생각이 나서 몇 달 전부터 또박또박 쓰기 연습을 하니 한결 좋아집니다. 내친김에 만년필을 하나 사고 새롭게 글씨 쓰기를 시작했습니다. 파카 만년필 잉크의 감이 다르게 다가옵니다. 나를 마루에 앉혀 놓고 글씨 연습시키던 엄마 생각도 나서 좋습니다.

애
완
동
물

　나는 애완동물 키우기를 싫어합니다. 애완동물을 자식같이 키우
다가 먼저 떠나보내면서 가슴앓이를 하는 친구들을 많이 보았기 때
문입니다. 그보다는 동물보다 사람과 교감하고 싶은 이유가 더 큽
니다.
　한달 전 아내 친구가 고양이 두 마리를 맡겼습니다. 일주일 여행
하는 동안 돌봐달라는 부탁을 거절할 수 없었습니다.

고양이 두 마리가 전혀 다른 행동을 했습니다. 한 마리는 재롱을 잘 떠는 아이 같았습니다. 조용히 와서 무릎에 올라타고, 책이라도 보고 있으면 심심하다고 책을 자꾸 건드리는 모습이 너무 귀여웠습니다. 내 눈을 항상 응시하면서 교감의 신호를 보냈습니다. 낮에 병원에 있으면 그놈이 눈에 아른거렸습니다.

한 마리는 철저히 눈치를 보았습니다. 침대 밑에 숨어 지내고 항상 경계의 눈빛으로 일정 거리를 두고 움직였습니다. 눈빛을 보면 한 번씩 섬뜩했습니다. 아내 친구는 1년 전에 길거리에 버려져 뼈만 앙상하게 남아 있는 고양이를 불쌍해서 집으로 데리고 와 키웠다고 합니다. 1년간 똑같이 애정을 주고 키웠지만 남을 경계하는 습관은 아직 여전하다고 합니다. 이야기를 듣고 보니 그 고양이가 불쌍했습니다. 이해도 되었습니다.

아이를 입양한 사람에게 들은 이야기입니다. 입양한 지 5년이 지났는데도 또 버림받지 않을까 아이가 눈치를 살피고 불을 끄고 문만 닫아도 숨 넘어갈 정도로 운다고 했습니다.

동물이나 사람이나 마음의 상처는 참 무섭습니다. 주위에 함부로 상처를 주어서는 안 되겠다는 생각을 했습니다.

고양이를 돌려보내고 나니 귀여운 놈보다 상처받은 고양이의 눈빛이 더욱 생각납니다.

"인사 잘하는 딸은 요즘 잘 지내고 있습니까?"

오랜만에 만난 같은 아파트에 살았던 후배가 15년 전 일을 기억하고 물었습니다.

아이들 키울 때 걸어서 통학을 하도록 학교 바로 옆 아파트로 자주 이사했습니다. 그리고 새로 이사를 가면 엘리베이터에 인사 문구를 붙이고 식구들 소개를 했습니다.

나 　호기심 많은 40대 중반 외과 의사입니다.

아내　나이, 몸무게? 비밀이 많은 가정주부입니다.

아들　우리도 가끔씩 보는 고등학생입니다.

딸 　다른 것은 모르겠고 인사 하나만은 잘합니다.

나도 잊어 먹은 사실을 후배가 기억하고 인사한 겁니다.

내가 그렇게 소개해서 할 수 없이 그런 건지, 원래부터 그랬는지 딸은 학교나 아파트에서 잘 웃고 인사 잘하는 아이로 유명했습니다. 너는 공부보다 웃고 인사 잘하는 것이 장점이라고 했더니 그러고 돌아다닌 겁니다. 딸은 인사를 잘하니 선생님들도 귀여워해 주고, 급한 일이 생기거나 혼날 일이 있어도 혜택을 받으니 좋다고도 했습니다.

병원이 상가에 있을 때는 몰랐는데 주택가에 한옥으로 자리잡고 보니 남의 힘을 빌릴 일이 많습니다. 전문가를 부르면 그만이지만 돈으로 해결 못하는 애매한 부분들도 있습니다. 그러다 보니 자연히 주위 사람들에게 평소 잘 보여야 합니다.

전에는 전혀 알은체하지 않았던 청소하고 전기 만지고 하수도 고쳐주는 사람들을 가끔씩 챙기고 있습니다. 한번씩 불러서 빵도 주고, 간단한 것 점검하고 가는 길이라도 눈인사를 하고 마실 것 하나라도 챙겨줍니다.

병원이 쉬는 동안 중요한 우편물이 오면 맡길 이웃도 필요하고, 우리가 신경 못 써서 말라가는 바깥 꽃밭에 물을 줄 이웃도 필요했습니다. 철 따라 선물 돌리는 것도 중요하지만, 가장 좋은 것이 만나기만 하면 먼저 인사하는 것입니다.

가끔씩 동네 한 바퀴 돌면서 일부러 인사하고도 다닙니다. 정치인같이.

부
부
는

이
심
이
체

아내는 지난주 혼자 일본으로 여행을 다녀왔습니다. 나는 작년 연말 2주간 휴가를 혼자 갔습니다.

　젊은 시절 아내와 가장 많이 부딪힌 부분은 둘이 의견 일치를 보는 것이었습니다. 부부는 같이 생각하고 같이 움직여야 하는데, 서로가 다른 의견으로 충돌이 생기고, 곧장 싸움으로 번졌습니다. 조금만 이해해주면 되는데 그러지 못한 상대의 속 좁음을 비난하는 싸움은 시간을 두고 되풀이되었습니다. 여행을 가도 관심 분야도 다르고 체력의 차이도 있어서 며칠만 지나면 꼭 의견 충돌이 생겠습니다.

그런데 어느 순간 왜 부부는 일심동체여야 하는지 의문이 들었습니다. 부부는 이심이체라고 결론 내리는 순간, 신기할 정도로 부부싸움의 횟수가 줄었습니다.

처음에는 모임이나 여행을 각자의 생각에 맡겼습니다. 가고 싶으면 같이 가고 싫으면 혼자 갔습니다. 어색한 부분이 있었지만 시간이 지나자 장점도 많았습니다.

한번은 나 혼자 울릉도에 갔다가 아무도 없는 해변가에 앉으니 뿌듯한 감정이 올라오면서 이유 없이 한없는 눈물을 흘린 적도 있었습니다. 감동이었습니다. 아내도 이제는 혼자 가는 여행을 자연스럽게 생각하고 있습니다.

나이가 들면 혼자가 될 확률도 높아집니다. 미리 혼자 놀고, 시간 보내는 연습을 하고 있습니다.

까
치

옛날부터 까치가 울면 전부 반가워했습니다. 까치는 인간과 가
깝고 정이 가는 새였습니다.

나는 마당에 꽃과 나무를 심으면서 새와 곤충을 생각해서 수종
을 골랐습니다. 나비를 부르는 데는 라일락 종류인 '부뜨레아'가 좋
습니다. 새소리를 즐기려니 열매 있는 나무를 추천했습니다. 버찌
가 새를 부른다기에 벚나무를 심었더니 새가 제법 재잘거립니다.

그런데, 어느 순간 까치가 나타나자 다른 새들은 얼씬을 못합니
다. 알고 보니 까치가 새 중에서는 깡패 같은 존재라고 합니다. 까
치는 텃새라서 자기 영역을 확실하게 합니다. 그리고 영리합니다.
자기 영역을 침범하는 낯선 존재가 오면 깍깍 울면서 위협 표시를

합니다. 마을에 낯선 사람이 오면 까치가 먼저 우니까 우리는 손님이 온다는 것을 짐작하게 되는 겁니다.

정이 담긴 속담으로 까치를 대할 때는 까치가 좋아 보였습니다. 그런데 실제를 알고 나니 까치도 탐욕스러워 보이고 소리도 이기적으로 들립니다.

너무 과학적인 사실만을 따지고 보니 신비함이 없어집니다. 세상일도 너무 원리 원칙과 진실만 따지면 못 보는 부분이 있을 것 같습니다. 그냥 비과학적인 부분도 인정하면서 사는 게 나쁘지는 않아 보입니다.

옆에서 아내가 이 이야기를 듣다가 까치도 이해해주면서, 자기가 비논리적인 이야기를 할 때도 좀 들어주면 안 되느냐고 슬쩍 끼어듭니다. 그런데 아직 아내의 비논리적인 소리는 받아들이기 힘들어 자꾸 구박하게 됩니다.

  지난해 일본 도쿄에 유방암 환자들을 위한 건강한 라이프 스타
일에 대해 강의했습니다. 같이 토크 쇼를 진행하는 Dr. 나구모는
1일 1식으로 한국, 일본에서 워낙 유명한 의사라 나는 무슨 이야
기를 해야 할지 고민을 많이 했습니다. 건강한 밥에 대해 얘기하면
명성에서 밀릴 것 같아서 초점을 우리 병원 환자들에게 따뜻한 밥
한 그릇 대접하는 얘기로 했습니다. 한옥으로 된 이상한 병원을 지
었고, 한입 별당에서 밥과 차를 나누면서 일상적인 이야기를 나누
는 지극히 인간적인 정을 이야기했습니다.

  강의 후 여러 환자가 와서 인사하고 손을 잡고 울었습니다. 지
금은 항암제 때문에 힘들지만 조만간 대구에 오겠다는 얘기도 했
습니다.

강의 뒤풀이 자리에서 나는 평소 일본에 대해 궁금한 것들을 물었습니다. 우리는 사고가 나면 가족들이 울고불고 책임자들에게 몰려가 데모도 하고 시끄럽습니다. 언론에서는 일본은 사고가 나면 조용히 주위 사람들에게 인사를 하면서 품위를 지키는데, 우린 너무 경박하지 않느냐는 투의 언론 보도를 본 적이 있습니다. 나는 일본 사람들은 어떻게 그렇게 침착함을 유지하느냐고 물었습니다.

일본 의사가 답했습니다.

"집에서 통곡을 하지요. 오늘 선생님에게 와서 손을 잡고 눈물을 보인 것도 상당히 의외였습니다."

일본에서는 자기의 아픔을 남 앞에서 드러내면, 왜 자기의 아픔을 남한테 드러내느냐고 따돌림을 당한다고 합니다.

그동안 궁금했던 것들이 상당 부분 이해가 되었습니다. 우리도 과한 점이 있지만 일본도 과한 점이 있습니다. 딱 중간이면 좋겠습니다. 어쨌거나 정신 건강적으로는 우리가 훨씬 건강할 듯합니다.

황당한 공상을 했습니다. 사람들을 따뜻하게 대하는 것을 각 분야마다 체계화하면 사고 나고, 병 나서 상처받은 일본인들이 한국에 몰려올 것 같기도 했습니다. 일본 유방암 환자들이 대구로 밥 한 끼 먹으러 몰려오는 건 아닌지 모르겠습니다.

영
어

　내 인생에서 큰 흐름을 바꾼 요소들이 있는데 그중 하나가 영어
입니다. 영어를 잘했으면 지금의 인생과 전혀 다른 길을 가고 있
을지도 모릅니다. 항상 좀 더 잘했으면 하는 바람이 머리를 짓누
르고 있습니다.

　여행을 가면 나는 그곳 사람들과 노닥거리는 것을 좋아합니다.
건강에 좋은 산에 가는 것보다 사람들이 북적이는 시내를 좋아하
는 나는 자연히 외국을 나가도 그냥 커피 한잔 두고 현지인과 몇
시간이고 노닥거리고 싶습니다. 그런데 영어 실력 때문에 그게 잘
안 됩니다. 대부분 외국인을 만나려면 미리 약속을 하고 한달 전부
터 모든 가능성을 대비해서 연습을 하고 갑니다. 당연히 한국말같

이 그때그때 사정에 따라 점점 재미를 더해가는 맛은 느끼지 못하는 아쉬움이 있습니다. 그래서 그 만남이 끝나면 항상 후회를 하면서 단단히 결심을 하고 영어책을 잡지만, 곧 또 일상으로 돌아옵니다.

얼마 전 오바마를 만났습니다. 만나기 몇 달 전부터 온갖 상황을 대비해서 연습을 했습니다. 드디어 오바마를 만나서 30분간 신나게 대화를 나누었습니다. 그런데 오바마가 재미있다고 좀 더 있자고 나를 잡았습니다. 나는 당황했습니다. 준비한 것이 다 끝났으니 당연히 오바마가 무슨 말을 하는지도 모르겠고 나는 한마디도 더 못했습니다. 오바마도 눈치채고 즐거웠다고 얘기하고 가버렸습니다. 그 순간 얼마나 억울하고 내가 바보 같은지 통곡을 했습니다.
아내가 왜 그러냐고 흔들어 깨웠습니다. 그리고 무슨 안 좋은 꿈을 꾸었냐고 걱정했습니다.
이제까지 못해서 후회하고 있는 것들을 적었습니다. 더 나이 들어서 이번과 같이 꿈에서도 통곡하지 않기 위해서 열심히 해야겠습니다. 진짜 좋은 기회가 언제 올지 모르잖아요.

성악

가을에는 많은 모임이 있습니다. 어느 자리에서 가곡 한 곡을 불렀습니다. 성악을 시작한 지는 10년 되었습니다.

나는 외과 의사로서 체력 하나는 자신 있었습니다. 하루 종일 환자 보고 저녁에 수술하고, 밤에는 친구들과 놀고 몇 시간만 잠을 자도 문제가 없었습니다.

나이 오십을 넘으면서 몸에 변화가 생겼습니다. 조금씩 피로가 왔습니다. 쉬어도 몸이 옛날 같지 않았습니다. 모든 검사를 해도 이상은 없었습니다만, 누군가는 일을 좀 줄이고 이완 요법을 하라고 했습니다.

하루 종일 긴장 모드로 있으니까 일이 끝나면 이완 모드로 돌려야 한다는 말은 일리가 있었습니다. 이완 요법으로 추천하는 명상이나 요가를 했는데 영 마음에 들지 않았습니다. 따분하고 재미가 없었습니다.

누군가 성악을 추천했습니다. 복식호흡을 한다는 겁니다. 성악을 시작하는 순간 마음에 들었습니다. 노래를 한다기보다 집중해서 복식호흡을 하니까 몸이 개운했습니다. 덤으로 못하던 노래까지 배우니 더욱 좋았습니다. 그렇게 시작한 성악이 10년을 넘었습니다. 일주일에 한 번씩 저녁 두 시간 노래를 부르고 나면 몸이 가뿐해집니다.

그런데, 부작용이 하나 생겼습니다. 과거에는 어느 자리에서 노래 한 곡 하라고 하면 못한다고 꽁무니를 빼곤 했는데, 이제는 옆구리만 콕 쑤셔도 바로 나갑니다. 집사람은 이런 부작용을 걱정합니다. 성악가만 모인 자리에서 성악을 배운다고 하니 인사치레로

한 곡 하라고 하길래 그냥 나가서 부른 이후 아내는 아무 곳에서나 노래를 부를까 봐서 걱정합니다.

　아시겠죠? 혹시 나를 보더라도 진짜 노래를 들을 마음이 아니면 한 곡 하라고 권하지 마십시오.

금
메
달
보
다
　
소
중
한
　
것

　　우리는 금메달 따는 우리나라 선수들 위주로 중계를 하다 보니 올
림픽의 숨은 감동을 놓치는 경우가 많습니다. 대표적인 것이 2002년
2월 솔트레이크시티 동계올림픽이었습니다.
　　오노 선수와의 몸싸움 끝에 김동성 선수가 실격하자 국내 언론들이 호들갑을 떠는 바람에 다른 경기의 감동은 숨겨졌지만 1,000미터 결승에서 호주 스티븐 브래드베리 선수의 우승은 의미가 있었습니다.

500미터 오심 파동으로 어수선한 이후에 벌어진 남자 1,000미터 경기는 예선부터 경쟁이 치열했습니다. 이제까지 세계선수권대회에서 5위가 가장 좋은 성적이었던 그는 애초부터 욕심은 없었고 최선을 다하기로 마음을 먹었습니다. 그런데 준준결승, 준결승을 거치는 동안 4등으로 달렸는데 선두들이 치열한 다툼을 하다가 넘어지는 바람에 계속 2등으로 턱걸이하면서 결승까지 진출하게 되었습니다.

그는 자기 실력을 알고 있었습니다. 다만 결승에서도 꼴찌인 5등으로 달리다 보면 경쟁이 치열한 선두가 두 명 정도 넘어질 수도 있겠고, 그러면 꿈에도 그리던 동메달이라도 얻지 않을까 막연히 생각했습니다. 하지만 결과는 앞서가던 네 명이 모두 넘어지는 바람에 금메달을 얻었습니다. 소감을 묻는 기자에게 자기 실력은 금메달감이 아니라고 겸손하게 말했습니다.

호주로 귀국하자 더 큰일이 기다리고 있었습니다. 호주 정부에서는 그를 기념해서 얼굴을 넣은 우표를 발행했습니다. 올림픽에서 많은 호주 선수들이 금메달을 땄지만 아무나 우표에 얼굴을 넣지는 않았습니다. 누가 봐도 실력은 뒤지지만 성실히 자기 일을 하다가 운 좋게 우승한 사람을 치켜세우는 호주라는 나라가 재미있게 느껴졌습니다.

그도 사람인데 일생에 한번 찾아온 결승전에 욕심이 없었겠습니까. 사실 꼴찌를 목표로 해서 운 좋으면 동메달이라도 기대한다는 것이 오히려 더 힘이 들 것입니다. 그런데 우승을 했습니다. 모두 기가 차게 운이 좋은 선수라고 웃었지만 나는 우승은 필연이었다고 생각합니다.

나는 세상의 모든 우연한 일은 필연성의 결과라고 믿습니다. 실력 있는 선수가 실수로 우승을 놓치는 것을 안타깝게 생각하지만 실력 이외의 다른 요소가 더 중요하다는 것을 우리는 간과하고 있습니다. 이전 경기에서 치열하게 경쟁을 하다가 순위가 수시로 바뀌는 것을 목격하고 몸싸움에서 다소 떨어져나가리라 생각한 작전은 대세를 읽는 뛰어난 눈을 가진 사람만이 할 수 있는 일입니다.

누구나 인정하는 1등은 위험합니다. 자만심이 생기고 주위의 견제를 받기 때문입니다. 우리들은 아이들이 경쟁사회에서 확실한 1등이 되어야만 살아남는다고 다그치고 있습니다. 하지만 나는 아이들에게 적당히 따라가는 것을 얘기합니다. 즐겁게 최선을 다하면서 따라가다 보면 운 좋게 금메달을 딸 수도 있다고 생각하기 때문입니다.

分
발
하
지

않
기

2001년 일본 이와테 현 마스다 지사는 '분발하지 않기' 선언을 했습니다. 일본도 도쿄 중심의 중앙집권이 가속화되고, 각 지자체는 앞다투어 도쿄의 사업을 따라가기 바빴습니다. 하지만 지역 격차는 점점 벌어져갔습니다. 이때 분발하지 않기가 나왔고 많은 호응을 얻었습니다. 분발하지 않기란 대도시를 따라가기 위해 다른 지역과 경쟁하지 않고, 그 지역이 가진 것을 재발견하여 각자의 페이스에 맞춘 발전의 길을 모색하자는 자각이었습니다.

우리나라도 현재 각 지방은 온갖 아이디어를 짜내어 서울을 따라하고 있습니다. 서울의 청계천이 성공하자 지방의 각 하천을 전부 파헤쳤습니다. 문화의 중요성이 얘기되면 전부 화려한 공연장

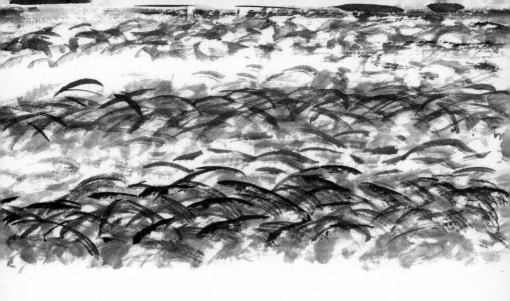

부터 짓고 봅니다. 그런 수많은 사업, 시설들이 지방의 재정 상태를 악화시키고 지역 격차를 더 벌리고 있습니다.

한국이 대단한 나라라고 생각하지만 모든 면에서 아직 변방입니다. 기 죽어서는 안되지만 너무 자만해서도 안됩니다. 한류가 금방 세계를 휘어잡고, 한식이 세계의 입맛을 사로잡았다고 착각하면 안 되겠습니다.

최근 무언가 삐거덕거리는 것은 기본을 무시하고 너무 조급하게 앞으로만 나가서 그런 것은 아닌지 자문해봅니다.

이제 우리 자신들이 너무 분발하지 않았으면 좋겠습니다. 국민소득 3만 불에 너무 목 매지 맙시다. 노벨상을 너무 기대하지 맙시다. 축구가 월드컵 본선에 나가지 않아도 절망하지 맙시다. 일본이 역사를 왜곡해도 파르르 화내지 맙시다.

대신 돌아보면 발전하기에 바빠서 우리가 돌아보지 못한 사소한 것들이 있습니다. 쓰레기를 함부로 버리지 말고, 교통질서를 잘지키며, 서로 인사 잘하고, 자기가 조금 손해 보면서 남을 돌보는 사소한 일들. 이런 건 옛날부터 우리가 잘하던 건데 잊어버린 것들입니다.

의사의 말 한마디

임재양 · 이시형 © 2018

초판 1쇄 인쇄일 | 2018년 5월 21일
초판 1쇄 발행일 | 2018년 6월 4일

지은이 | 임재양
그린이 | 이시형
펴낸이 | 사태희
디자인 | 엄세희
마케팅 | 최금순
제작인 | 이승욱

펴낸곳 | (주)특별한서재
출판등록 | 제2018-000085호
주 소 | 04167 서울시 마포구 마포대로 33 한화오벨리스크 오피스텔 704호
전 화 | 02-3273-7878
팩 스 | 0505-832-0042
e-mail | specialbooks@naver.com
ISBN | 979-11-88912-19-3 (03810)

이 도서의 국립중앙도서관 출판시도서목록(CIP)은 서지정보유통지원시스템 페이지(http://www.nl.go.kr/ecip)와
국가자료공동목록시스템(http://www.nl.go.kr/kolisnet)에서 이용하실 수 있습니다. (CIP2018014851)